suhrkamp taschenbuch 4689

Der Beginn der Liebe ist der Beginn der Macht. Die einen kommen in Frage, die anderen nicht. Selbst wenn sie, noch einmal wie Kinder, Gummitwist spielen, wissen sie doch bereits um ihre eigene Schönheit, denkt der Erzähler, der im Zimmer seines verstorbenen Onkels sitzt und an einer »Ortsumgehung« schreibt, während draußen die Ortsumgehung gebaut wird. Und er erinnert sich an einen Spaziergang, den er vor Jahrzehnten oft gegangen ist, als das steinerne Kreuz noch nicht mitten im Ort, sondern noch draußen auf dem Feld mitten in der Wetterau stand. Und als die Mädchen Gummitwist spielten. Er erinnert sich an die Liebe zu Katja Melchior und an die erste Nacht, die er mit dem Mädchen verbracht hat.

Andreas Maier, geboren 1967 in Bad Nauheim, lebt in Hamburg. Neben zahlreichen weiteren Auszeichnungen erhielt Andreas Maier den »aspekte«-Literaturpreis, den Robert-Gernhardt-Preis und den Wilhelm-Raabe-Preis.

Zuletzt sind von ihm erschienen: *Mein Jahr ohne Udo Jürgens* (2015), *Die Straße* (st 4567), *Das Haus* (st 4416).

Andreas Maier
Der Ort

Roman

Suhrkamp

Erste Auflage 2016
suhrkamp taschenbuch 4689

Suhrkamp Taschenbuch Verlag

Druck: Druckhaus Nomos, Sinzheim
Umschlag: Hermann Michels und Regina Göllner
Umschlagfoto: Gerhard Linnekogel
Printed in Germany
ISBN 978-3-518-46689-6

Der Ort

in memoriam Mike Plaumann

»It's what makes a rose want to be a rose, and want to grow like *that*. And a rock want to contain itself, and remain like *that*.« (Ch. Chaplin)

Der Ort, die Straße, das Haus, das Zimmer, neulich sagte ich mir, du nimmst jetzt alles, deine Heimat, die ganze Wetterau, deine Familie, deine Geschichte zwischen Grabsteinen und Steinbrüchen, setzt dich ins Zimmer deines Onkels und machst daraus dein letztes Werk, ein Werk, das du so lange weiterschreibst, bis du tot bist, und dieses Werk wirst du *Ortsumgehung* nennen, benannt nach der Ortsumgehungsstraße, mit der sie deine Heimatstadt jetzt umgehen und auf der immer noch nicht gefahren wird, obgleich sie schon drei Jahre daran bauen und die Genehmigung, ein schönes deutsches Wort, sich über vierzig Jahre hingezogen und eigentlich mein ganzes Leben begleitet hat.

Als ich fünfzehn war, lief ich mit der Tochter des Besitzers der Bindernagelschen Buchhandlung auf der Kaiserstraße über das Feld von Friedberg nach Ockstadt und zur Hollarkapelle, und sie, die Tochter des Buchhändlers, sagte, es sei doch Wahnsinn, genau hier, wo wir gerade über die Wiese liefen, wollten die Verrückten eine Straße hinbauen, das war 1983. Stundenlang gingen wir damals spazieren, und oft nach Ockstadt, einen halben Frühling und noch einen halben Sommer danach. Die Ockstädter Hollarkapelle hat immer wieder eine Rolle in meinem Leben gespielt, an meinem achtzehnten Geburtstag sollte dort mein Selbstmord stattfinden, und später wollte ich in dieser Kapelle heiraten, zur Kirschblütenzeit, und meine Trauzeugin sollte jene Buchhändlertochter sein.

Die Planungen für die Ortsumgehungsstraße reichen in noch viel frühere Zeiten, mal überlegten sie, die Straße östlich um die Stadt herumzulegen, also über das Zuckerrübenfeld, an dessen Rand ich aufgewachsen bin, mal westlich, also über jene Felder meiner Spaziergänge mit der Tochter des Buchhändlers. Jahrzehnte später übernahm die Buchhändlertochter die Buchhandlung, redete plötzlich vom Einzelhandel und von Parkplätzen, dem Schwerlastverkehr und daß überhaupt die Kaiserstraße entlastet werden müsse, und seitdem ist sie selbst Befürworterin der Ortsumgehung über unser Feld von damals, das inzwischen nicht mehr existiert, weil es sich in eine Trasse verwandelt hat, wie alles um uns herum. Alle sind wir über dieses Feld gegangen, auch mein Onkel J. ist dort herumspaziert in seiner seltsamen Naturbegeisterung, die er für alles hegte, was mit Wald, Wild und Feld zu tun hatte. Meine Mutter ist dort entlanggelaufen, selbst der Dunkelwirt, der schon lange nicht mehr der Dunkelwirt ist, ist dort gelaufen. Der einzige, der vermutlich nie dort entlanggelaufen ist, ist mein Vater, der wird von Anfang an immer nur das Automobil benutzt haben, seinen Dienstwagen, zur Verfügung gestellt von der Henninger Bräu Aktiengesellschaft, die ebenfalls nicht mehr existiert. Mein Vater war der erste Autofahrer in meinem Leben. Jeden Morgen stieg er in den Dienstwagen und fuhr fünfunddreißig Kilometer nach Frankfurt am Main zu seiner Bierfirma, und jeden Abend fuhr er fünfunddreißig Kilometer zurück nach Friedberg in die Wetterau. Er war ja nie Wetterauer. Er kennt dieses Schicksal gar nicht.

Zwei Menschen gehen Hand in Hand an der Seebach entlang, das sind wir, die Buchhändlertochter und ich, es heißt bei uns die Bach und ist weiblich. Die Bach und das Ort. So reden wir. Hin und wieder landet eine Maschine auf dem kleinen amerikanischen Militärflugplatz, und wir laufen durch die Felder, das Wetterauer Blau über uns im Himmel, und dann erreichen wir Ockstadt, wo die Kirschen blühen, als blühten sie für uns. Hühner, Schafe, Ställe, die Ockstädter haben immer in Landwirtschaft gemacht und haben sich nach dem Krieg, als alle plötzlich arm waren, eine goldene Nase verdient. Kisten- und fuhrenweise brachten die Friedberger und Bad Nauheimer ihre Lampen, Sessel, Teppiche, Klaviere nach Ockstadt und kehrten mit Kirschen und Kartoffeln heim, oder mit Butter. Noch heute sind die Ockstädter auf unseren Wochenmärkten stets in der Überzahl. Zwischen den Kirschbäumen und den Hühnerställen blüht es rosablau, das ist das Wiesenschaumkraut, denn es ist Frühling, und wir blühen auch. Es ist sogar so, daß die Buchhändlertochter mich überhaupt zum ersten Mal nach Ockstadt über das Feld zur Hollarkapelle geführt hatte in meinem Leben. Schon als ich, bevor wir einen halben Frühling und noch einen halben Sommer gemeinsam verbrachten, in ihre beste Freundin verliebt war, erzählten sie von der Hollarkapelle und wie es sei, dort hinzulaufen, am besten nachts und vor allem bei Vollmond. Das hätten sie schon den ganzen letzten Sommer über gemacht. Eine Welteroberung. So hatten sich die beiden Mädchen ihre Welt erobert, und es war gleich die beste und schönste aller möglichen, natürlich sehr romanhaft und nicht ohne Abenteuercharakter. Wo meine Schulkameraden vor ihren damals sich überall ausbreitenden Videorecordern saßen oder Fußballtabellen ausrechneten, machten die beiden gar nichts, sondern gingen spazieren und lebten ein Leben, für das gar nichts nötig war, wie ihnen schien, abgesehen natürlich von den Eltern, die das alles finanzierten.

Ich wollte mit achtzehn Jahren dann ein letztes Mal zur Hollarkapelle, an meinem Geburtstag, dem Tag des Weltkriegbeginns, mit einer letzten Flasche Rotwein, die saufen, dann an der Kapelle zerschmettern und mir mit dem Flaschenhals die Adern aufschlitzen, so habe ich mir das damals vorgestellt. Am selben Tag, wenige Stunden zuvor, hatte ich, seelisch nahezu vollkommen betäubt, im Sanssouci gesessen, meiner Kneipe in der Friedberger Altstadt, und einem alten Lehrer von mir erzählt, wie es nachher an der Hollarkapelle zugehen werde. Ich glaube, er erhob nicht einmal Einspruch. Er hielt das alles für realistisch und wahrscheinlich sogar notwendig. Besonders schön fand er die Vorstellung, da erst einmal über das Ockstädter Feld hinlaufen zu müssen. Überhaupt zog es die Friedberger öfter nach Ockstadt, vor allem nachts und wenn die Kirschen reif waren. Oder wenn sie gerade blühten. Nach dem Diskothekenbesuch fuhren sie oft noch hin und hatten einen Kasten Bier im Auto, denn sie tranken schon damals kaum mehr Apfelwein.

Zu einer Zeit, als ich von der Buchhändlertochter

längst getrennt war, lief ich immer wieder durch alle Gassen der Stadt, nachts suchte ich zwanghaft die Orte unserer gemeinsamen Vergangenheit auf, und stets war alles wie betäubt. Es waren jene Jahre, während deren die anderen auf ihre Ausbildung sannen und ihre Zukunft planten, und ich saß nachts um drei Uhr auf einer Parkbank und starrte eine Linde an, weil wieder Frühling und wieder Sommer war. Morgens hatte ich meist noch Alkohol im Blut, ich schlief immer bei offenem Fenster, auch im tiefsten Winter, dann zog ich mich in der klirrenden Kälte an, verließ kurz vor acht oder vielleicht auch erst danach das Haus und stapfte durch den Schnee zu meiner Schule hinauf in die Friedberger Burg, oder ich bog bereits vorher ab und ging ins Café, wo schon einige von uns saßen und rauchten. So taumelte man durch den Vormittag, es nannte sich Schule, bisweilen ging man auch hin, aber nur für ein paar Stunden. Am Nachmittag begann ich dann stets mit diesem unseligen Spazierengehen. Jeden Tag, kommt mir im nachhinein vor, mußte ich durch alle Straßen und Gassen Friedbergs, die etwas mit *uns* zu tun hatten, als müßte ich das alles auf Vollständigkeit überprüfen, und daß auch ja nichts davon verlorengehe, wenn denn schon sowieso alles verlorengegangen war zwei Jahre zuvor, nämlich als ich von der Buchhändlertochter fortgegangen war. Und natürlich führte mich jeder Tag immer wieder vor die Bindernagelsche Buchhandlung, in der ich zwanghaft Bücher kaufte, eines nach dem anderen, Frisch, Nietzsche, Mann, alles durcheinander, Benn, Kant, Dostojewski, den *Malte Laurids Brigge*. Damals lebte die Tochter des Buchhändlers gar nicht in Friedberg, sondern in Butzbach, deshalb war es für mich relativ gefahrlos, die Bindernagelsche Buchhandlung zu betreten, aber es bedeutete auch jedesmal einen Rausch. Keiner, dachte ich damals, kannte diese Geschichte, kein Angestellter, niemand. Ich spielte dort in der Buchhandlung immer Normalität. Ich tat so, als kaufte ich die Bücher um der Bücher willen, dabei war der Kaufakt in der Bindernagelschen Buchhandlung nichts anderes als Nervenreizung der ganz überdrehten Art. Es war wie mit einem Finger in einer Wunde herumzustochern – und dabei ein Gesicht zu machen, dem man nichts anmerkte, vergrößerte den Schmerz und die Sensation noch um ein Vielfaches.

Später, als die Buchhändlertochter wieder da war, suchte ich die Buchhandlung nicht mehr auf, ich ging seitdem immer zum Scriba, der Buchhandlung fünfzig Meter weiter. Der Bindernagel, der Scriba, zwei Welten. Heute, im Jahr 2009, ist der

Bindernagel eine moderne Kleinstadtbuchhandlung unter Führung der Tochter mit breiten Auslagen und großem Beratungsliteraturbestand (*Wie mache ich geschickt meine Steuererklärung?*, *Hundert einfache Rezepte für die einfache Küche*), der Scriba ist genauso von oben bis unten und wieder hinauf bis an die Decke mit Büchern vollgestapelt wie ehedem. Ich mußte im Scriba damals auch nie etwas bestellen. Was ich wollte, war immer da. Für mich war im Scriba immer genug vorhanden. Der Scriba ist die Vergangenheit, neulich hat sich der uralte Besitzer in seiner Buchhandlung erhängt, samstags vormittags und kurz vor Eröffnung des Wochenmarkts; die Bindernagelsche Buchhandlung dagegen, mit der Tochter des ehemaligen Buchhändlers an der Spitze, ist die Zukunft. Damals führte mich jeder Tag dorthin, und dann lief ich mit dem neu gekauften Buch weiter durch die Straßen, um die Burg herum und an der Usa, unserem Fluß, entlang, dann fiel ich daheim in meinem Elternhaus erschöpft aufs Bett und trank Wein. Der Wein stand immer in meinem Schreibtisch. Ich mußte ihn mir praktischerweise nie kaufen, denn meine Eltern hatten stets größere Bestände im Keller und füllten sie so oft auf, daß ihnen Fehlmengen nicht auffielen.

Ich kann mich erinnern, wie ich ebenfalls in dieser

Zeit den *Zauberberg* las, und zwar auf folgende Weise. Ich saß am Schreibtisch, trank Riesling aus Rheinhessen vom Weingut Erich Winter, schaute auf die Usa und die dahinter liegenden Schrebergärten, das Zuckerrübenfeld und die Linden, auf den Wetterauer Himmel, vielleicht auch einfach in die Schwärze, wenn es schon dunkel war, und las. Im hinteren Viertel des Buchs, dem epikureischen Viertel, wie ich es nannte, oder auch dem bacchantischen Viertel, wegen Peeperkorn, ging es so an meinem Schreibtisch vonstatten: Weil ich damals in einer Art von unkontrollierbarer Nachäfferei Literatur in meinem Leben nachstellte, so wie andere aus James-Bond-Filmen herauskommen und sich einige Minuten wie James Bond bewegen, kopierte ich die Peeperkorngelage ganz unmittelbar an meinem Schreibtisch, wenn auch mit beschränkten Mitteln und immer auf dieselbe Weise, eine Woche lang (ich lese ziemlich langsam). Ich kaufte mir beim HL (die Metzgerei Blum existierte damals nicht mehr) Weißbrot und ungarische Wurst, Kolbasz, möglichst scharf, keine Ahnung warum gerade Kolbasz, und dann stellte ich Wein, Wurst, Butter und Brot auf den Tisch und aß beim Lesen, den Wein öfter gegen die Leselampe haltend wie Peeperkorn, wenn er eine seiner Reden extemporiert und dabei ebenfalls sein Glas gegen das Licht hält. Ich tat das alles in großer Einsamkeit und als Weinparasit im eigenen Elternhaus, aber war doch froh, weil diese Gesellschaft im Buch für mich immerhin eine Gesellschaft war, meine einzige in diesen Wochen, und weil wir auf diese Weise sozusagen gemeinsam feierten. Daß das alles eine Krankheit war, war mir damals schon ziemlich klar. Daß ich aus der Entfernung zu allem, in die ich damals in den Jahren nach der Buchhändlertochter immer mehr hineingeriet, niemals mehr herauskommen würde, war mir vermutlich noch nicht klar. Ich dachte über all das nicht nach. Aus der Panik des Tages und der Atemnot, die mir das Alleinsein und die Einsamkeit machten, ging ich hinein in den *Zauberberg*, und er war wenigstens eine Weile meine Welt, ich konnte leben darin, wenn auch nur an meinem Schreibtisch und wenn auch nur mit Wein. Der Psychiater wollte schon damals, daß ich Tabletten schlucke, aber das tat ich nicht, ich hielt mich an das Weingut Winter und trank mit Mynheer Peeperkorn. Daß der Wein, die Wurst und die Butter meine Psyche auf ihre Weise balsamierten und sogar in Hochstimmung bringen konnten, verschlimmerte natürlich alles nur um so mehr. So war ich den Rausch- und Glücksmitteln verfallen und hielt deren Auswirkung, vom Wein bis zur Butter, fälschlicherweise für den Haushalt meiner eigenen Seele. Aber wie hätte ich das mit siebzehn verstehen können?

Was ich vor allem nicht verstand, war, warum nicht alle das gleiche taten wie ich, daß also alle anderen nicht an ihrem Tisch (oder an einem anderen Platz) saßen, nicht den *Zauberberg* (oder etwas anderes) lasen, nicht den ganzen Tag durch Friedberg (oder irgendwo sonst) liefen und also, kurz gesagt, nicht verzweifelt bzw. krank waren. Und dabei waren sie es doch, die krank waren, dachte ich damals stets. Mein Vater fuhr jeden Tag zu einer Arbeit, die er durchhielt, und er fuhr dafür jeden Tag mit seinem Auto hin und her und hin und her, was er durchhielt, über groteske Autobahnlandschaften, die die Menschen gebaut hatten und die er durchhielt, er setzte sich unter Menschen, die er durchhielt, unter einen Chef, den er aushielt, über seine Untergebenen, die ihn aushielten, dann fuhr er von Aufsichtsratssitzung zu Aufsichtsratssitzung, was er alles durchhielt, dann kam er nach Hause, begrüßte meine Mutter mit einem Kuß, roch den Alkohol aus ihrem Mund, durchwühlte sofort die ganze Küche und den ganzen Hausarbeitsraum, bis er die Schnapsflasche gefunden hatte, dann legte er sich ins Bett und bekam furchtbare Migräne, woraufhin er sich vier oder fünf Kopfschmerztabletten verabreichte, ohne daß sie etwas bewirkt hätten, und das war alles normal und ein Leben und war natürlich vollkommen krank und nannte sich gesund und Verantwortung. Unsere Lehrer ließen sich von uns anschreien und auf dem Kopf herumtanzen, und trotzdem erschienen sie am nächsten Tag wieder und ließen sich wieder anschreien und auf dem Kopf herumtanzen, und sie hielten es aus und blieben gesund, aber waren krank, und eigentlich wurden sie immer erst gesund, wenn sie endgültig krank wurden, das finanzierte dann der deutsche Staat als Beamtenpension, was mir damals in etwa als dasselbe erschien wie eine Kriegsversehrtenrente. Ein Lehrer begann sich plötzlich beide Handgelenke zu bandagieren, damit wollte er sich dem Korrigieren entziehen, schließlich schaffte er es aus dem Schuldienst, und was die anderen über ihn dachten, läßt sich denken. Sie hielten ihn gar nicht für krank. Dabei war er es. Wie sie. Aber sie nannten es Gesundheit. Alle diese Menschen konnten tun, was sie taten, und hielten es aus, *es*, dieses Zauberwort, in dem damals für mich etwa so viel steckte wie die ganze Welt. Ich war als einziger in unserem Haus eine Zauberbergexistenz, und bevor mir die Paprikawurst mitsamt der ganzen Butter auf den Magen schlug, ging ich hinaus, nahm unten meinen Mantel vom Garderobenhaken und unternahm meinen letzten Spaziergang an diesem Tag.

Es war gegen sechs Uhr, und draußen lag Schnee. Ich verließ das Haus fast immer um diese Zeit, da ich die Dämmerungsstunden stets draußen in der Stadt verbrachte, oder auf den Feldern vor der Stadt. Nun aber war Winter, und es war bereits duster. Es war schon zwei Stunden her, daß der Himmel sich vor meinem Fenster gefärbt hatte über dem Zuckerrübenfeld, das schwarz dagelegen hatte wie der Tod persönlich. Im Frühjahr blieb ich für gewöhnlich immer erst eine Weile im Garten stehen, betrachtete die Blumen, die Rhododendren, die mein Vater mit dem Herrn Giebel gepflanzt hatte – der Garten war damals für mich von der Familie losgelöst, wie ein eigenes Individuum, mit dem ich zusammenlebte. So ging ich im Frühjahr immer zuerst zu den Rhododendren und ließ mich von ihrem Duft betäuben. Meine Eltern hatten gar nicht gewußt, daß ich verrückt war. Ich liebte diesen Garten, als sei er nicht von meinem Vater geschaffen worden mit Hilfe der Gartenhilfe, des Ostflüchtlings Giebel. Es war ein ganz normaler Siebziger-Jahre-Garten, vollbracht mit Hilfe der Zeitschrift *Mein Garten* und anderen Hilfsmitteln. Und dennoch war er für mich wie eine ganze Welt, ich streunte in ihm umher wie eine Katze. Es standen damals sogar noch vier oder fünf der alten Apfelbäume im Hintergarten, Überreste des Bollschen Familienerbes, denn ich bin ja auf dem Gelände eines ehemaligen Obstgartens aufgewachsen, den sie zu einem Einfamilienhausgelände mit *Mein Garten*-Garten umgewandelt hatten, wie aus dem Katalog. Das einzige, was den Garten von *Mein Garten*-Gärten unterschied, waren seine riesigen Ausmaße, man konnte dort hinten ganze Fußballspiele veranstalten. Unser Garten, die Usa entlang! Dieser Garten im Frühling, im Sommer, im Herbst! An diesem Tag im Winter aber war alles tot und erfroren, die Äste der Apfelbäume stachen kahl und verkrüppelt ins Schwarz.

Auf der Straße die meine Nerven damals immer erschütternden Laternen, die ein so fahles Gelb auf die Häuser und die riesige Linde vor dem Grundstück warfen, daß alles noch viel trauriger und einsamer aussah als ohnehin. Kein Mensch war auf der Straße. Sogleich, als ich die Straße betrat, am Zaun entlangging und in die Barbarastraße mit ihren kleinen Häusern einbog, fühlte ich mich als einsamer Mensch, der in seinem Mantel allein durch den Schnee läuft, an kleinen Häusern vorbei, die traurig und depressiv daliegen, mit Menschen darin, die mir so fern waren wie ein anderer Planet. Ganz wichtig war der Mantel, ich nannte ihn immer *mein Mäntelchen*, wobei der Diminutiv von mir russisch gemeint war und mich zu einer Dostojewskifigur machen sollte.

Kaum verließ ich das Haus, begann die Selbstbespiegelung. Ich gab ein Bild ab vor mir selbst, sah es genau und merkte, daß es ganz und gar notwendig war, spürte aber, daß es zugleich auch gewollt und inszeniert und eine eigene Entscheidung war. Vielleicht war es bloß ein Nachäffen und eine Pose, wie ich selbst damals möglicherweise, auch über dem *Zauberberg*, auch in der Kirche, auch in der Wirtschaft und in der einsamen, freudlosen Gasse, bloß eine Pose war. Ich weiß nicht, ob ich das romantische Doppelgängermotiv damals bereits kannte, aber es funktionierte genau wie in dem berühmten Schubertlied nach Heine: Ich stand auf der Straße und sah mich selbst, nur daß ich nicht nur jedesmal darüber erschrak, sondern es in gewisser Weise sogar genoß, wie den bereits erwähnten Finger in der Wunde, wenn man ihn hin und her bewegt. Wie umfassend dieses Motiv wirkt, legt folgendes nahe. Wenn ich denn als zu spät gekommener romantischer Wiedergänger meiner selbst nicht nur ständig eine Pose war, so sehr, daß daneben nichts blieb, so nahm ich auch alles in dieser und durch diese Pose auf, das heißt, auch mein Instrument lernte ich in dieser Pose oder als Posiererei, und auch Dostojewski und Thomas Mann, meine wichtigsten Menschen damals, daneben aber auch den frühen Hamsun und andere, erlernte ich als Pose, las sie in einer Pose und fundamentierte und bildete durch sie meine Pose, die man am Ende also eine Lebenspose nennen könnte. So wäre alles auf Sand gebaut, seit damals und von den Anfängen an, denn ich bin bis heute ja von der Pose bzw. dem ständigen Erinnertwerden an sie nicht losgekommen. Bis zum heutigen Tag und bis zu diesem Wort, das ich eben schreibe, weiß ich nicht, ob das alles Pose ist oder ob das alles ich bin, und wenn ich dieses Ich zu analysieren versuche, nicht als Psychologe, sondern hinsichtlich seiner Motive und Zustände, komme ich immer wieder zum Verdacht der Pose, und wenn ich mir die Pose zu erläutern versuche, die ja offenbar allumfassend und holistisch ist, komme ich dazu, am Ende das Wort Pose aufzugeben und einfach Ich zu sagen und in diesem dauernden gedanklichen Anrennen an das Wort *Pose, Pose!* nur eine der Überreizungen zu sehen, die mich damals von meiner Umwelt in Form einer Krankheit unterschieden haben. Das heißt, ich habe zu jener Zeit zwanghaft den geringsten Verdacht von Posiererei an mir selbst auszumachen versucht, um mich dafür zu bestrafen durch ein schlechtes Gewissen und durch eine Verachtung meiner selbst, die so weit ging, daß ich mir ein eigenes Ich absprach und mich nur noch als Sammelsurium von eingebildeten Posen und Nachgeäfftem ansah. So trat ich damals auf die Straße, entweder als Pose oder nicht, ich weiß es nicht, und trottete das Rosental am Bahndamm hinauf, nicht ohne vorher noch durch die Schmidtstraße und am Baruthhaus vorbeigekommen zu sein.

In der Schmidtstraße hatten sie Jahre zuvor, an einem ganz bestimmten Abend im Frühling 1983, auf der Straße Hickelkästchen und Gummitwist gespielt. Es war die Zeit, als das Doppelgängerspiel für uns gerade begann. Sie waren damals keine Kinder mehr, sondern wie ich um die vierzehn oder fünfzehn und hatten die Zeit des Gummitwists eigentlich seit Jahren hinter sich gelassen. Damals aber, an jenem lang vergangenen Abend, hatten sie es noch einmal gespielt, wie Erwachsene ein altes Spiel aus der Kindheit spielen, einerseits ergriffen vom Damals, andererseits mit einer gewissen Ironie über die eigene Anwandlung hinweggehend.

Ich war zufällig vorbeigekommen. Vieles hatte sich in jenem Jahr aus bloßem Zufall gefügt. Man begegnete sich in der Stadt, im Burgpark, oder eben an einem März- oder Aprilabend, wenn ich die Schmidtstraße nur passierte, um in meine Kneipe oder zum Jugendzentrum zu kommen, oder unterwegs bei einem langen, abendlichen Spaziergang. Die Teilnehmer des Hickelkästchenspiels und

Gummitwists waren: Bettina Baruth, Anna Wicke, Katja Melchior und ihre beste Freundin, die Tochter aus der Bindernagelschen Buchhandlung, allesamt Schülerinnen der Klasse 9a am Friedberger Augustinergymnasium. Aus den Gärten blühten die ersten Blumen heraus, es war damals bereits dunkel, und der matte gelbe Schein der Laternen beleuchtete die Straßenszene.

Ich war zu dieser Zeit in Katja Melchior verliebt. Sie war gertenschlank, hatte lange dunkelblonde Haare und erinnerte in ihren Bewegungen und mit ihrer Hautfarbe an etwas, das aus einer Wüste stammen mochte. Ständig umwehte sie etwas Mysteriöses, nicht zuletzt, weil sie sich damals mit ihren Freundinnen, die für mich ebenfalls geheimnisumwittert und wie eine fremde, höhere Welt waren, zu einem engen Kreis zusammengeschlossen hatte. Ich wußte, daß Katja Melchior jene nächtlichen Gänge zur Hollarkapelle mit der Buchhändlertochter unternahm. Katja Melchior verbrachte manchmal die ganze Nacht mit ihr. Wenn sie Schulgeschichten erzählten, waren diese für mich wie Nachrichten aus einer anderen Welt, um die ich sie beneidete. In Friedberg in der Wetterau gibt es zwei Sorten von Schülern, die des Augustinergymnasiums, die ihre Jahre in einer alten, verwinkelten Klosteranlage mitten in der Stadt verbringen, und die der hessischen Gesamtschule, eines Gebäudequaders aus dem Beton der siebziger Jahre auf der Seewiese, einem ehemaligen Sumpfgebiet Richtung Ockstadt außerhalb der alten Stadt. Ich war zu der Zeit Gesamtschüler auf der Seewiese, sie verkehrten allesamt in den Gängen und Räumen des historischen Augustinerklosters. Da hickelten nun die Mädchen aus dem alten Kloster im Schein der Laternen und dem Duft der Vorgartenblumen.

Auch Anna Wicke gehörte für mich zu den Sagengestalten, sie war wie eine zweite Ausgabe der Buchhändlertochter. Beide sahen sich ähnlich, Anna Wicke war etwas größer, beide hatten dichtes, kaum zu bändigendes braunes Haar. Bei Anna Wicke war ich weniger in die Person als vielmehr in den Namen verliebt. Das lag daran, daß der Nachname ein Blumenname war und der Vorname derselbe wie bei Anna Blume. Da ich sie von den vier Mädchen, die in der Schmidtstraße hickelten, am allerwenigsten kannte, bestand sie für mich fast ausschließlich, neben ihrer äußerlichen Ähnlichkeit mit der Buchhändlertochter, aus ihrem Namen.

Gummitwist ist ein Spiel, bei dem man normalerweise keine gute Figur machen kann. Bei den Kindern, die es in der Schule spielten, waren die

Bewegungen immer notgedrungen abrupt, man spannt den Körper, hüpft dann lächerlich in die Luft und verdreht dabei auf unansehnliche Weise die Kinderbeine. So etwas aber wie in der Schmidtstraße hatte ich noch nie gesehen. Die vier Mädchen tanzten im Gummiband, und immerfort lachten sie dazu mit klaren, erwachsenen Stimmen. Jetzt waren sie fast Frauen und spielten Kinder und waren noch keine Frauen und spielten dabei Frauen, die Kinder spielten. Im Grunde spielten sie sich selbst, es war ihnen bewußt, und dennoch ging dadurch nichts von der Anmut der Szene verloren. Ich selbst war von diesem Spiel zum einen eingenommen, aber ich kannte auch schon die andere Seite, die Doppelgängerseite, denn ich war damals nicht viel anders als sie. Dennoch blieb ich stehen und ließ mich von dem Zauber gefangennehmen.

Katja Melchior begrüßte mich zuerst. Immer, wenn sie mit mir sprach, war ich ein wenig in Aufregung versetzt. Seit einiger Zeit herrschte ein unbestimmtes Vertrauensverhältnis zwischen uns, wir sahen uns oft, hielten uns aneinander, und immer wenn sie mit mir sprach, kamen wir uns nah. Das hatte vor ein paar Wochen auf einer Feier bei meinem Klassenkameraden Alex Binder angefangen. Katjas Augen waren kastanienbraun, ihre Stirn hoch, ihre

Silhouette nicht zartgliedrig, eher ausgezehrt, fast ein bißchen kantig. Bei ihrer Stimme dachte ich stets an ein Säuseln. Sie sprach immer nahe an meinem Ohr, es war jedesmal wie ein Singsang, dazu machte sie eigenartige Kopfbewegungen, wie ich sie noch nie gesehen hatte. Zuerst fand ich sie fremdartig wie bei einem Tier, dann wurden diese wiegenden Bewegungen für mich immer schöner, bis sie mich nicht mehr losließen. Katja Melchior und ich, eine Woche später würden wir gemeinsam eine Nacht in dem Haus verbringen, in dem sie wohnte. Das war eine Nacht zu dritt auf zwei Matratzen, sie und ich und ihre Freundin Anja Kling.

Nach der Begrüßung Katjas, die gerade außerhalb des Gummibandes stand und ein Stück zu mir hergelaufen war, begrüßte ich die anderen.

Bettina Baruth kannte ich aus der Grundschule, wir waren einstmals in derselben Klasse gewesen. Sie war jetzt ein Mensch von großer Distanziertheit, hatte etwas Jungenhaftes, trug kurze Haare, einen Scheitel und wirkte stets sachlich. Bettina Baruth konnte man sich nicht vorstellen bei nächtlichen Spaziergängen zwischen Friedberg und Ockstadt und hinauf zur Hollarkapelle auf den Kirschberg bei Vollmond. Sie ging lieber nach Frankfurt in die Diskothek. Mich hielt Bettina damals, glaube ich, für etwas rückwärtsgewandt, eine Art zu spät gekommenes Blumenkind, denn ich steckte mir und anderen zu dieser Zeit Blüten ins Haar oder schmückte Fensterbretter, indem ich auf ihnen wahllos Blumen aufhäufte, bis sie vertrocknet waren, oder ich öffnete immer überall sofort das Fenster und lief nachts draußen herum, wodurch ich den Eindruck eines Naturnarren machen wollte, obgleich ich bis vor kurzem mit alldem nichts zu tun gehabt hatte und wie alle anderen ein ganz normal zwischen Fernseher und Radio und Hifi-Anlagen und dem Blauen Bock und Pink Floyd aufgewachsener Stadtjunge gewesen war.

Katja Melchior hatte mich begrüßt, nah wie immer, mit Bettina hatte ich, neben ihr stehend, ein paar Worte gewechselt, aus denen mit der Zeit ein Gespräch wurde, das von uns beiden dann auf die anderen überging. Mit Anna Wicke sprach ich fast nichts. Ihr Gesicht hatte eine gewisse Schwere bzw. Flächigkeit. Grazil war sie ebensowenig wie die Tochter des Buchhändlers. Ihre Gesichter waren eher kuchig oder teigig, ganz anders als bei der gazellenhaften Katja Melchior. Ihre Gesichter waren weich, aber nicht unbedingt zart, dazu kam eine gewisse Sprödigkeit, man kann vielleicht an Bauernmädchen aus der niederdeutschen Malerei denken.

Dazu das schwer lastende Haar, mal offen, mal mit einem Gummi zu einem Pferdeschwanz gebunden. Ihre Hautfarbe war hell, und ihre Augen leuchteten in einem Blau, das fast im Widerspruch zu den Haaren stand. Noch war es so früh im Jahr, daß Anna Wicke und die Buchhändlertochter Pullover trugen, selbstgestrickte, in grüner und blauer Melange, einigermaßen unförmig, lange, breite Ärmel, in denen sie unbeholfen aussahen. Beide waren an diesem Abend wie die Antipoden zu der sehr nach neuem Stil und mit Bewußtsein gekleideten, bubenhaften, hübschen Bettina Baruth, die aussah wie aus einem Poplied, wobei die beiden anderen eher aussahen wie aus einem Zeltlager bei einer Kasernenblockade kommend, sozusagen direkt aus dem Wald und vom Lagerfeuer.

Damals spielten wir lange Gummitwist und gingen dann noch einmal zu Hickelkästchen über, extra meinetwegen, aber dann wurde aus dem Abend immer mehr ein Herumstehen unter den ersten Trieben der Bäume und der Sträucher bei gemeinsamem Gespräch. Ich verschmolz damals mit den Mädchen zu einem unauflösbaren Verbund, wir wurden ein Bild und in unserer Bewegung statisch, so daß ich noch heute alles vor mir sehe und nach wie vor den Zustand von damals evozieren kann.

Ich kam in jener Winternacht dort vorbei, vom *Zauberberg* in meinem Zimmer auf dem Weg in die Stadt, und blieb lange in der leeren, verschneiten Schmidtstraße stehen und sah die Mädchen wieder und sah den ganzen Frühling von damals noch einmal vor mir.

SPRING IS HERE

Alles hatte vier, fünf Wochen vor dem Gummitwist mit dem Fest bei Alex Binder begonnen. Das war einer jener Geburtstage, die gerade den Übergang darstellten von einem Kindergeburtstag zu einem Nicht-mehr-Kindergeburtstag. Vieles war damals neu gewesen für uns in jenen ersten Monaten des Jahres. Die Party bei Alex Binder hatte Anfang März, vielleicht noch Ende Februar stattgefunden.

Ich erinnere mich, wie ich auf dem Hinweg zu dem Fest durch die halbe Stadt gelaufen war, es war ein kalter, klarer Abend, in meinen Kopf war die Geschichte der folgenden Stunden noch nicht eingeschrieben, aber es lag eine Ahnung in der Luft. Ich kam an den Bahndamm, gerade als die Amseln zu ticksen begannen. Es handelte sich um einen jener späten Wintertage, an denen man seine Winterjacke schon abgelegt hat, und auch das dicke Schuhwerk ist verschwunden. Man läuft bereits leichter, wie von fern in den Frühling hinein. Es mußte einige Zeit davor einen Moment gegeben haben, als ich das Ticksen der Amseln zum ersten Mal bewußt wahrnahm (als Kind hatte ich nie darauf geachtet); in diesen ersten Monaten des Jahres 1983 war es schon mein tägliches Abenddämmerungsgeräusch.

Ich lief am Bahndamm entlang und musterte die alten Steine, aus denen seine Mauer zusammengesetzt war. Diese Steine waren mir vor einiger Zeit zum ersten Mal aufgefallen, etwas an ihnen schien bemerkenswert. Ich betrachtete ihre Altersspuren, ihre Farbnuancen im fahlgelben Laternenlicht, und es verband sich ein Gefühl für mich damit. Es hatte etwas Anheimelndes, aber auch Fremdes, etwas Stilles, irgendwie Vormenschliches, als sei in diesen Steinen etwas enthalten, das sich völlig von meiner bisherigen Welt unterschied und das ich vorher nie bemerkt hatte. Irgend etwas, das mit sehr langen Zeiträumen zu tun hatte.

Läuft man die Straße am Bahndamm bis zur halben Höhe hinauf, stößt man auf der linken Straßenseite auf ein kleines Portal inmitten einer langen, uralten Mauer. Sie schien mir damals zumindest uralt – ich war ja aufgewachsen in einem Haus, das 1970 erbaut worden war, gegen das schien damals noch unsere halbe Umgebung uralt. Das Portal bestand aus einer spitzbogigen Tür aus dunklem, fast schwarzem, schwerem Holz, das mit geschwungenen Eisenornamenten beschlagen war. Der Rahmen war aus rotem Sandstein und ebenfalls spitzbogig. Ich war in den letzten Wochen oft vor dieser eigenartigen Tür stehengeblieben. Mir (dem Fünfzehnjährigen) schien es damals eine gotische Tür zu sein, eine überaus rätselhafte gotische Tür, die wie von Zauberhand an diese Stelle versetzt worden war, wo man sie überhaupt nicht erwartete, wie von vor sechshundert Jahren in meine Gegenwart. Natürlich war diese Tür nicht gotisch, sie war kaum mehr als neunzig Jahre alt, und vielleicht stammte der Stein ihres Rahmens sogar aus unseren Steinwerken. Aber dennoch nahm sie sich in der Umgebung der neueren Häuser und des Bahndamms wie etwas Vergessenes und Verwunschenes aus. Wie ein Zeit-Fremdkörper. Ich blieb damals jedesmal wie verdutzt vor ihr stehen (ein, zwei Jahre später würde plötzlich eine Leuchtschrift über dem Spitzbogen erscheinen, gelb und blau und grün, in geschwungenen Buchstaben, wie die Schrift, die im *Steppenwolf* erscheint, aber da war ich bereits in einem ganz anderen Zustand und hatte öfter solche Visionen). Auch dieses alte Portal erzeugte in mir ein unbestimmtes Gefühl, eine Art Ahnung.

Diese Ahnung kam aus dem Stein, aus dem Portal und durch die Amseln. Offenbar schien sich irgend etwas in mir zu sammeln. Erst war es nur der kühle Spätwinterabend, in dem sich schon der Frühling ankündigte, dann war das Ticksen der Amseln dazugekommen, der alte Stein des Bahndamms, der fahle Schein der Laternen und nun auch noch das alte Holz des Portals (übrigens kaum kopfhoch) und sein verwitterter Sandstein, und alles wurde zu einem Bild, zu einer Vorstellung, zu einer Grundierung von allem, die mir auf unbestimmte Weise etwas zurief.

Übrigens könnte ich damit fortfahren, wie es sich an diesem Tag und überhaupt in den ersten Wochen jenes Jahres in mir sammelte. Etwa die große, geschwungene Doppeltreppe, ebenfalls aus Stein, grauschwarz, die jenseits des Bahndamms den unteren, neuen Teil der Stadt mit der ehemaligen Promenadenstraße oberhalb und ihren villenartigen Häusern aus dem neunzehnten Jahrhundert verbindet: wenn ich sie betrat, legte ich immer absichtlich meine Hand auf sie, als hätte sie ein eigenes, mir freundlich zugetanes Wesen, das aber bislang unsichtbar gewesen war. Irgend etwas unterschied auch diese Treppe von allem anderen, das ich bisher kannte, etwa von meinem Elternhaus oder den Häusern und Wohnungen meiner Schulkameraden oder dem Gebäude meiner Gesamtschule. Es war, als gäbe es hinter ihrem Dasein noch einmal eine tiefer liegende Bedeutung.

All das fand nicht in Worten statt. Es waren auch hier bloß der vermooste, körnige Stein und die altertümliche, massive Bauweise, die steinerne Balustrade, der Geruch des Steins und die Tatsache, daß diese Treppe schon so lange, zu jeder Jahreszeit und bei jedem Wetter und zu jeder Tag- und Nachtstunde, dort geschwungen ruhend stand und einfach jedesmal wieder da war, wenn ich kam. Wie etwas, dem man vertrauen konnte.

Ich weiß noch, wie ich durch die Burg lief an diesem Abend, ich erinnere mich an das Licht dort auf den Mauerquadern und den Ziegeln, und ich sehe noch den Fünffingerplatz mit seinen ebenfalls gelbfahl beleuchteten Fachwerkhäusern vor mir. Alles das weitete sich und wurde plötzlich zu etwas, das dastand und mich anblickte und alles andere in die Ferne rückte. Ich war allein mit diesem Friedberg, diesen Mauern, diesen alten Steinen, diesem Licht, diesem Abend, und doch umfaßte das alles plötzlich viel mehr, als ich bislang in meinem Leben gesehen hatte.

Schließlich strebte ich dem Keller zu, in dem die diesmalige Party gefeiert werden sollte.

Man betrat eine solche Party immer auf eine bestimmte Art. Im Grunde zeigte sich schon beim Eintritt, welche Rolle jemand im Verlauf des Abends spielen würde. In der Tür begegnete mir Richard Lemmert, der von uns Lemmy genannt wurde. Lemmy war kleiner als ich, schwarzhaarig und trug einen kleinen Schnurrbart, den er sich früh zugelegt hatte mit einem für sein Alter erstaunlichen Bartwuchs. Er wirkte mir gegenüber immer ein wenig geduckt und hatte etwas Unfreies und Gehemmtes in seinem Wesen, galt aber zugleich als Draufgänger und war sicherlich in mehr Schlägereien verwickelt als ein Großteil von uns zusammen. Ich wußte, daß er ein paar auffällige Narben hatte, die er gern zeigte, und natürlich rauchte er. Er trug Jeans und Jeansjacke, ein weißes T-Shirt und schwarze Lederhalbschuhe. Als ich eintrat, stand er mit einer Bierflasche da, musterte den Raum und zeigte eine Haltung, der man anmerkte, daß sich Lemmy gerade reif und erwachsen fühlte.

Lemmy wäre ich ungern auf der Straße begegnet,

wenn ich ihn nicht gekannt hätte. Wenn man ihn aber kannte, hatte es seine Vorteile, weil man in ihm sofort einen natürlichen Leibwächter hatte. Er hatte ein ausgeprägtes Kameradschaftsgefühl. Wenn es vor einem unserer Lokale zu Rempeleien gekommen wäre, hätte ich mich sofort an Lemmy gewandt, denn er hatte für solche Situationen die richtige Körpersprache.

Dennoch, kaum traten wir uns gegenüber, gingen diese für den Moment gefühlte Reife und Erwachsenheit sofort verloren. Er konnte seine typische Lemmy-Körpersprache mir gegenüber nicht aufrechterhalten und drückte eine Unterlegenheit mir gegenüber aus, die rational kaum zu fassen gewesen wäre. Umgekehrt fühlte ich in mir eine spontane Überlegenheit, die mir geradezu weh tat, weil ich nichts für sie konnte, weil ich sie gern abgelegt hätte und an der auch nichts gutzuheißen war. Ich konnte sie aber nicht ablegen, denn offenbar brachte ich diese Überlegenheit über Lemmy hier in Alex Binders Keller einfach kraft meines Wesens mit mir. Diese Überlegenheit im Freundeskreis war etwas, das mir anscheinend ganz natürlich angewachsen war, wie ein längerer Arm oder ein längeres Bein, womit ich ihm gegenüber im Vorteil war.

Wir wußten voneinander, mit wem wir hauptsächlich so verkehrten – wir waren ein wenig befreundet, ich hatte ihn ein-, zweimal in der winzigen Kellerwohnung besucht, in der er bei seiner Mutter wohnte. Ich verkehrte im Gegensatz zu ihm in den vorderen Rängen der Schülergesellschaft, wobei diese Rangliste nie explizit wurde, aber doch darin manifest war, wer sich mit wem traf. Es wäre vergleichsweise undenkbar gewesen, daß Lemmy sich etwa eine Annäherung an Katja Melchior hätte gestatten können, denn er nahm einen anderen Rang ein. Aufgrund von etwas, das in unseren Personen und Erscheinungen und unserer Herkunft begründet lag, wurde er automatisch weiter hinten eingereiht und ich vorne. Das fand ohne irgendein Wort und auch in keiner Weise bewußt statt, aber es war genauso evident wie etwa das Wetter, das gerade herrschte.

Immer, wenn ich Lemmy begegnete, weckte er mein schlechtes Gewissen, weil ich spürte, daß da etwas war, von dem ich nicht loskam und das durch mich selbst überhaupt erst existierte. Über die Wochen hinweg schmerzte es mich übrigens damals auch, daß ich zwar immer sehr nett, höflich und freundlich zu Lemmy war, aber doch immer etwas Anstrengendes zwischen uns vorhanden blieb, das mich ermüdete und mich mit der Zeit wieder Abstand nehmen ließ, ohne daß ich etwas dagegen tun konnte.

Ich rauchte eine Zigarette mit Lemmy und trank ein Bier, und ein weiterer Junge namens Heiko Weber gesellte sich zu uns.

Wir folgten damals bei diesen Festen alle einer bestimmten Choreographie, die dem Aufbau von Shakespearestücken glich, obgleich natürlich keiner von uns auch nur ein Wort Shakespeare kannte. Aber offenbar hatten wir neuerdings ein Gespür für gewisse theatralische Effekte entwickelt. Zuerst kam es nämlich immer zu dem eben beschriebenen *Rand- und Einlaßgespräch*. Es fand immer am Rand und in der Nähe des Eingangs statt, wie unter Nebenfiguren, und wir führten diese Randsituation absichtlich herbei, aus dem Grund einer Herauszögerung. Natürlich konnten wir uns bei diesem Rand- und Einlaßgespräch einen Überblick über die Anwesenden im Saal verschaffen. Zum anderen konnten wir völlige Unbeteiligtheit demonstrieren, weil man ja zur eigentlichen Hauptsache des Abends (die für mich Katja Melchior hieß) nicht sofort vordrang, sondern sich Zeit ließ, wodurch alles Weitere wie ein bloßer Zufall aussah, weil es ja nicht forciert, sondern eben hinausgezögert wurde.

Alle Leute, die zu unserem Kreis gehörten, verhielten sich so.

Aber es gab auch noch eine andere Seite des Rand- und Einlaßgesprächs. Es diente zur Kontaktpflege mit Leuten, die nicht völlig im persönlichen Fokus standen. Ich war in diesem Augenblick selbst nur eine Randfigur, genoß das und hegte wirkliche Sympathie für Lemmy und Heiko. Gleichzeitig zementierte genau diese vermeintliche, temporäre Gleichheit die Unterschiede zwischen uns.

Ich erfuhr, daß Lemmy an diesem oder am Tag zuvor frisch von seiner Freundin verlassen worden war. Er hatte jetzt die Rolle des »geschlagenen Hundes« einzunehmen, und da diese Rolle in gewisser Weise sowieso mit seinem Wesen korrespondierte, spielte er sie an diesem Abend vermutlich mit einer gewissen Lust. Heiko Weber dagegen war immer guter Laune und sehr freundlich, ich kannte damals niemanden, auf den die Redensart »er kann kein Wässerchen trüben« so zugetroffen hätte wie auf ihn. Diese stets gute Laune machte ihn zu einem Radikal, das frei zwischen den Rängen umherspringen konnte. Heiko war überall gern gesehen, und ich glaube, daß ihm diese ganze hier beschriebene Rangordnungspsychologie völlig fremd war. Ich dagegen studierte sie in jeder

Sekunde, unabsichtlich oder sogar gegen meinen eigenen Willen.

Natürlich war die Abfolge der Gespräche und Kontakte während unserer Feste auch dadurch bedingt, in welcher Reihenfolge man an wen geriet, also aufgrund der Verteilung der Personen im Raum. Aber auch hier korrigierten wir im Sinne der Choreographie, so daß wir mit den wichtigen Menschen erst nur ganz kurz sprachen, wenn wir ihnen in der Reihenfolge des Abends zu früh begegneten. Anschließend ließ man sich wie in geheimer Absprache stehen und wendete sich jemand anderem zu, um erst später zueinander zurückzukehren und den Rest des Abends gemeinsam zu verbringen.

Katja bewegte sich mit der Selbstverständlichkeit eines Tieres und einer Eleganz, die auf mich geradezu übernatürlich wirkte. Wenn ich in ihre Augen schaute, blickte ich nicht auf den Grund einer Person, sondern in eine vollkommene Leere. Dieser leere Tierblick versetzte mich in einen Zustand, den ich nicht kannte. Katja stand in der Mitte des Raums, nach wie vor einige Meter von mir entfernt, wir hatten uns zwar bereits angeblickt, und ich war ihr in meinem Inneren schon so nah, als wäre sie ich selbst, aber die choreographiebedingte Distanz hielten wir nach wie vor ein. Ich redete, langsam zu den eigentlichen Hauptakteuren des Abends vordringend, mit meinen Freunden Michael und Bülent. Auch mit ihnen trank ich Bier, und während ich von jener eigentümlichen Atmosphäre erzählte, die mir der Gang durch Friedberg vorhin vermittelt hatte, betrachtete ich Katja Melchior und begann mich zu fragen, ob ich nicht, indem ich meinen beiden Freunden diese Sachen erzählte, in Wahrheit über Katja sprach und ob diese Atmosphäre vorhin nicht auch etwas mit ihr zu tun gehabt hatte.

Was mir im nachhinein auffällt, ist, daß diese Feste stets zeitlos erschienen, das heißt, sie hatten für uns eigentlich keine Dauer, sondern waren wie eine stehende Ewigkeit, in der nichts geschah und alles einem vollkommen gegeben erschien. Jedem Gespräch, jeder Begegnung wohnte Notwendigkeit inne. Die Gesellschaft, die Gespräche und die miteinander ausgeführten Handlungen schlossen sich zu einem universalen Raum zusammen, außerhalb dessen für uns Jugendliche in diesem Moment nichts existierte. Dieser Raum war allerdings an seinen Rändern so durchlässig, daß jeder in ihn eintreten konnte. Jeder war willkommen.

Man konnte uns damals auf diesen Partys mit Gestirnen vergleichen, die alle auf bestimmten Bahnen und in einer spezifischen Ordnung ihre Bewegungen vollführten, sich anzogen, sich abstießen und doch insgesamt ein vollkommen harmonisches Gleichgewicht hielten. Man konnte den gesamten Raum sogar auflösen und die Körper in ihm auseinandertreiben (das geschah, wenn das betreffende Fest vorbei war), und dennoch wurde beim nächsten Fest wieder ein ebenso kosmischer Raum hergestellt, die Gestirne darin (wir) nahmen wie von selbst wieder ihre angestammten Positionen ein und führten die bekannten Bewegungen erneut aus. Ein solcher Abend war ein Gebilde, in dem wir uns so sicher wie Traumwandler bewegen konnten.

Über die Dauer eines halben Jahres würden sich natürlich Veränderungen im Ablauf dieser Bewegungen und in der Position der Gestirne ergeben. Manchmal kamen sich welche zu nahe und stießen sich dann ab, am stärksten war diese Bewegung bei den Liebespaaren. Der größte Teil dieser Paare haftete eine Weile zusammen, und nach erfolgter Trennung verhielten sie sich anders zueinander als vor der Vereinigung. Meistens blieb ein Element des nun nicht mehr existenten Paars auf seiner angestammten Umlaufbahn, das andere Element aber suchte sich eine andere, weil das die Trennungssituation mit naturgesetzlicher Gründlichkeit verlangte. Und so sehe ich heute in das scheinbar Ewige und

Universale dieser Feste natürlich die Folgen der Zukunft eingezeichnet, die auch mich im Verlauf des nächsten halben Jahres immer weiter aus dem Zentrum des Raumes entfernen würden, um mich ihn schließlich ganz aufgeben zu lassen, bis ich mich ganz allein wiederfand.

Wenn ich heute, ein Vierteljahrhundert danach, auf jene Feiern in den ersten Monaten des Jahres 1983 schaue, ist dennoch alles festgefügt wie in einem Bild, und es ist wieder genau diese Statik, die dem Bild ein solches Gewicht verschafft. Zum zweiten Mal in unserem Leben gab es unser Leben zum ersten Mal. So wie wir bislang alle in unseren Häusern, Wohnungen und Familien aufgewachsen waren und so wie ich von meiner Urgroßmutter durch meine erste Welt geschoben worden war (die seitdem in meiner Vorstellung immer unveränderbar jene Welt von damals bleiben wird), so fügte sich damals, in den Monaten der Feste, eine neue Welt zusammen, die erste außerhalb der früheren, vorgegebenen Bindungen, die erste, in der wir bei allen unseren Handlungen dem neuen Phänomen gegenüberstanden, daß wir eine Wahl hatten, uns frei entscheiden konnten und in unseren Handlungen ein Bild unserer Person und dessen, wie bzw. was überhaupt die Welt für uns sein solle, entwarfen.

Wir schrieben (ohne es zu wissen oder auch nur zu ahnen) zum ersten Mal Geschichte – jene, die sich in uns eingravieren würde und die wir als Zeichen unserer selbst nie mehr von unserer inneren Oberfläche würden entfernen können. Daher sind diese scheinbar völlig unbedeutenden Kleinigkeiten, wo Lemmy stand und ob sich Heiko neben ihm am Eingang befand, was ich Michael und Bülent erzählte, wie der Stein mit mir gesprochen hatte, welches Wetter an jenem Tag geherrscht hatte, jene gesamte Atmosphäre eines Tages und die Abfolge der Freundschaften und Verliebtheiten, in gewisser Weise das genaue Äquivalent zu den Gegenständen im Haus meiner Großmutter, mit denen ich als kleines Kind gespielt hatte, oder zu den Gebäuden und Bachläufen, an die meine Urgroßmutter mich geschoben hatte, als ich noch gar nicht sprechen konnte, und die heute für mich der Beginn der Welt sind, dem noch komplett Unveränderlichkeit und zeitlose Totalität innewohnt. Nur war diese neue, zweite erste Welt eben jene, die wir uns selbst zusammenbauten, erstmals nicht mehr aufgrund unserer kindlichen Gewohnheiten, sondern aufgrund von Dingen, die uns selbst überraschten, die wir bislang nicht gekannt hatten und die uns erstmals zu Entscheidungen auf einem völlig unbekannten Gebiet zwangen.

Katja blieb im Verlauf des Abends irgendwann neben mir stehen. Bis dahin waren wir, gleichsam unsere Begegnung hinauszögernd, separat durch den Raum gekreist. Ich hatte mir bislang nicht gesagt, daß ich in sie verliebt sei, und vielleicht war ich es bis zu diesem Abend nicht gewesen. Es hatte nur stets eine unbestimmte Andeutung zwischen uns in der Luft gelegen, aber diese war nicht konkret, sie konnte sich vielleicht auf nächtliche Spaziergänge oder überhaupt gewisse neue Erkenntnisse über die Welt beziehen, aber es war nicht so, daß der Name *Katja* schon in mich eingebrannt gewesen wäre.

Ich notierte in einem inneren Protokoll jedes Detail und jede Sekunde unserer Annäherung. Sie stand rechts von mir, ihre Stirn vielleicht dreißig Zentimeter von meinem Mund entfernt, und mein Blick wechselte zwischen ihren Augen und ihrer Stirn hin und her. Ich hatte plötzlich den Wunsch, sie zu küssen, aber verbot mir diesen Wunsch, und die Welle unseres gemeinsamen Gesprächs trug mich auch schon wieder davon. Aber genau in dem Moment, da ich den Wunsch in mir aufkommen sah, sie zu küssen (und im selben Moment spürte, daß auf den ersten Kuß notwendigerweise eine unendliche Reihe weiterer Küsse folgen müßte), ergriff sie meine Hand, was sie noch nie getan hatte. Während sie das tat, schaute sie mich nicht an, sondern drehte sich etwas in meinen Rücken und lehnte ihre eine Schulter und ihr Schulterblatt gegen mich. Ich tat in dem Augenblick genau dasselbe, so daß wir uns beide gleichzeitig, allerdings fast ohne Gewicht, aneinanderlehnten.

Für einen Moment war damit ihr Gesicht außerhalb meines Gesichtsfeldes. Ich drehte meinen Kopf nicht zu ihr, sondern schaute für diesen Moment, der mir heute allerdings wie eine halbe Ewigkeit vorkommt, in den Partyraum und auf die anderen. Eigentlich schaute ich aber auf nichts und niemanden Bestimmten, sondern einfach bloß in die Welt hinaus, wie man auf ein Meer oder in die Farben des Himmels schaut. Ich war über das, was eben geschehen war (das Anlehnen), nicht erstaunt, denn ich hatte schon andere Mädchen berührt, aber es durchströmte mich diesmal etwas, was ich nicht kannte. Alles war von mir genommen, ich hatte keinerlei Fragen, es gab keine Notwendigkeiten, etwas hatte sich plötzlich aufgelöst. Im Zentrum dieser Empfindung stand übrigens zunächst gar nicht Katja Melchior, sie stand ja nur schräg an mir, aber durch ihre Schulter, ihr Schulterblatt und ihre Hand erfolgte in diesem Moment die vielleicht größte Operation, die man seit meiner Geburt an mir vorgenommen hatte. Das Gefühl, das mich durchströmte und von Katja ausging, fühlte sich an wie eine komplette Ruhe. Dieses Gefühl war für mich völlig neu. Als drehe man den Ton weg, und alles wird still.

Was sah ich? Ich sah den an die Wand geräumten Tisch, auf dem die Salatschüsseln standen. Den Limonadenkasten, der unter den Tisch geräumt war, neben ihm zwei offene Kartons, in denen sie die Chips- und Flipstüten transportiert hatten. Die Gitter des dunklen Schachtfensters oberhalb des Tisches. Heiko, wie er am Plattenspieler steht und mit Anna Wicke spricht, gerade zieht er eine Platte aus einem Stapel, zeigt etwas auf dem Cover und macht dazu irgendwelche fachmännischen Ausführungen, die ich nicht verstehe und von denen ich nicht weiß, daß ich mich, auch wenn ich sie nicht höre, noch in Jahrzehnten an sie erinnern würde, und zwar in Form von Heikos Gesten. Anna Wickes konzentrierter Blick auf das ihr gezeigte Plattencover. Alex Binder, das Bild durchschreitend, kurz dreht er seinen Kopf zu uns hin, seine Schritte sind für mich so verlangsamt, als stapfe er durch tiefes Wasser. Er tritt auf Anke zu, sie sprechen, ich höre nichts, aber alles wirkt auf mich so, als müßte es genau so sein. Als hätte all das etwas, was ich später in der Philosophie unter dem Ausdruck *universelle Gültigkeit* wiederfinden würde. Lemmys Schuhe. Er trägt als einziger Junge im Raum keine Turnschuhe, sondern diese geradezu grotesk pseudoerwachsen wirkenden schwarzen Lederhalbschuhe, wie man sie gemeinhin zu Straßenanzügen trägt.

Und während ich so schaue, dreht sich Katja Melchior langsam in mein Gesichtsfeld hinein, bis ihr Gesicht so nahe vor mir ist, daß es den Partyraum um mich herum versperrt. Sie kommt mir immer näher, hat die Augen geschlossen, und in dem Moment, als ihre Stirn meine berührt, habe ich meine Augen ebenfalls bereits geschlossen. Nun ist alles schwarz, und ich spüre ihren Atem, die Kühle ihrer Stirn und das Leben in dieser Person.

Wie lang die Schwärze andauerte, in der ich mich jetzt befand, kann ich nicht sagen. Es gab in ihr keine Gegenstände, und sie bildete auch keinen Raum. An Geräusche kann ich mich nicht erinnern. Ich kann heute noch einige Lieder aufzählen, die sie an diesem Abend spielten und zu denen ich bereits mit einigen Mädchen getanzt hatte, *Questions* von Manfred Mann's Earth Band, den *Logical Song* von Supertramp. Aber ich könnte nicht sagen, was in diesem Augenblick lief, ob etwas Schnelles oder etwas Langsames. Von fern her erinnerte mich der Zustand an das Gefühl, auf angenehme Weise müde und erschöpft zu sein, sich aufs Bett gleiten zu lassen, die Augen zu schließen und das Kopfkissen zu umfassen, um eine Ruhelage zu finden. Aber im Gegensatz dazu war diese Schwärze, während deren Katja Melchiors Stirn und meine aneinanderlehnten, einerseits tiefer und andererseits unruhiger, denn was nun wie von selbst geschah, war, daß wir beide uns umfaßten und enger aneinanderschmiegten, was ich nicht sah, sondern nur fühlte, ich hatte ja die Augen geschlossen, und sie auch. Katja, die vielleicht einen halben Kopf kleiner als ich war, umfaßte zuerst mit ihrem rechten Arm, dann dem linken meinen Hals, und ich umarmte sie ebenfalls in einer langsamen, gleitenden Bewegung, die ganz wie von selbst kam. Nach einer Weile korrigierten wir in einer ebenso selbstverständlichen Bewegung – als läge dem ein in uns vorsorglich gespeichertes Programm zugrunde – die Haltung unserer Köpfe, so daß nun nicht mehr unsere Stirnen aneinanderlagen, sondern unsere Köpfe nebeneinander, ihrer seitlich unterhalb des meinen. Meine Wange lehnte an ihrem Haar. All das verlagerte und verschob die Schwärze allerdings nicht, in der das stattfand, sie wurde dadurch nur noch kompletter, sie fühlte sich um so gesättigter an. Ich finde für all das kaum Worte, denn ich hatte in diesem Augenblick sicherlich eher die Wahrnehmungsfähigkeit eines Menschen, der schon immer taubblind lebt und für den sämtliche um ihn herum stattfindenden Bewegungen, die er über seine Körperoberfläche wahrnimmt, etwas sind, das er nur als nach innen gewendetes Grundgefühl wahrnehmen kann. Etwas Autark-Autistisches. Ich kann auch nicht sagen, ob ich mich in dem Moment gemeinsam mit Katja Melchior als ein Wesen oder als zwei fühlte, so weit konnten die Wahrnehmungen gar nicht reichen. Ich war so überwältigt wie nie zuvor in meinem Leben, aber zugleich war ich auch herabgedimmt und in einem quasi rudimentären Zustand, der mit eigentlichem Glück kaum etwas zu tun hat, eher mit den Auswirkungen einer Palliativmedizin.

Nun geriet unser Körper in eine leise, rhythmische Schwingung hinein, die sicherlich den normalen Tanzbewegungen während einer Party junger Jugendlicher glich, die aber für mich zugleich noch etwas anderes beinhaltete. Getanzt hatte ich schon oft mit Mädchen, aber diese Bewegungen hatten bislang nie diese Erinnerungen geweckt. Als Kind hatte ich, vielleicht bis zu meinem siebten Lebensjahr, beim Zubettgehen immer für eine längere Weile meinen Kopf auf dem Kissen hin und her gewälzt, von links nach rechts und von rechts nach links, bei geschlossenen Augen, was meinen Eltern in den ersten Jahren schwere Sorge bereitet hatte und worin sie in den folgenden Jahren eine gewisse Liederlichkeit gesehen haben dürften. Denn dieses Kopfschütteln verschaffte mir ein dumpfes, eben palliatives Vergnügen. Auch später, noch als Student, saß ich öfter da und verfiel mit meinem Oberkörper in eine wiegende Bewegung, über die meine Mutter (in einer offenbar für sie zwingenden Assoziation) jedesmal zu sagen pflegte, ich sähe aus wie ein Jude an der Klagemauer. Noch heute erwische ich mich hin und wieder bei dieser Bewegung. In diesen Zusammenhang gehörten nun auch die Bewegungen, in die Katja und ich uns hineinwiegten. Ich ging darin auf angenehme Weise meiner selbst verlustig. Es gab aber auch Momente eines aufflackernden Bewußtseins, ich spüre zum Beispiel nach wie vor Katjas glatte Haare unter meiner rechten Hand und die Rundung ihres Kopfs an meiner Wange, und ich höre sie atmen, das heißt, darauf muß ich in diesem Moment der Schwärze doch geachtet haben.

Alles war gut. Hätte man mich in diesem Augenblick getötet, wäre ich in einem vollkommen geheilten Zustand zum lieben Gott gekommen, aber vielleicht trifft das auf jeden zu, den es erwischt, während er gerade zugekifft ist oder ein Opiat genommen hat.

Schließlich, nach einer Weile, lösten sich unsere Köpfe voneinander, wir hielten uns nach wie vor umarmt und öffneten die Augen.

Irgend etwas war plötzlich verändert an ihr. So etwas wie dieses Gesicht, das fiel mir sofort auf, als ich die Augen wieder öffnete, hatte ich eigentlich noch nie gesehen. Aber ich kannte sie doch schon seit Wochen! Nun aber wurde mein Blick auf ganz neue Einzelheiten in diesem Gesicht gezogen. Es öffnete sich, als explodierte es und würfe Teile seiner selbst in meine Richtung. Da war zum Beispiel plötzlich dieses winzige Muttermal, ein kleiner Leberfleck etwa zweieinhalb Zentimeter vom linken Mundwinkel entfernt, eigentlich kaum merkbar. Ich war zwar schon vor ein paar Tagen auf dieses Mal aufmerksam geworden, aber es hatte mich nicht weiter interessiert. Nun, nach unserer Umarmung und nachdem ich Katjas Stirn und ihren Atem gespürt hatte, betrachtete ich diesen winzigen Fleck völlig anders. Ich betrachtete ihn, als gelte das ganze Dasein höchstpersönlich ihm. Vor allem wirkte er auf mich notwendig und als müsse er auf jeden Fall dort sein, genau wie er ist und genau in der Größe und der Form, in der ich ihn sah. Ein zwingendes Gesetz schien ihn dort hingesetzt zu haben, aber das war mir seltsamerweise vorher nicht klargewesen, dafür hatte es offenbar erst unserer Umarmung und dieses neuen, mir unbekannten Zustands bedurft.

Oder ich sah Katjas Augenbrauen, bei denen ich jetzt erst richtig begriff, daß alle die unzähligen Härchen, aus denen sie bestanden, Katja-Härchen waren. Ich sah das eine Härchen, das zweite, das dritte, und schon war mein Blick ganz in diese Braue hineingezogen, und etwas in mir bog sich wie bei einem Krampf zusammen, weil ich allen diesen Härchen meine Aufmerksamkeit zuwenden wollte, was aber nicht möglich war infolge ihrer Vielzahl, wie ich mir eingestehen mußte. Seltsamerweise empfand ich dabei eine Art von Schmerz. Dieser Schmerz war für mich auch völlig neu. Er hatte etwas Dumpfes, Pochendes, wie beim Beginn einer Panik oder wie die Vorstufe eines Schocks.

Dieser eigenartige Schmerz wuchs sprunghaft an, als mein Blick auf die Partie oberhalb ihrer Lippen und auf ihre Mundwinkel fiel, auf die feinen und fast unsichtbaren Härchen dort. Jedes dieser Härchen war etwas ganz anderes, Fundamentaleres als alles, was ich noch bis vor wenigen Sekunden gekannt hatte. Das heißt, vor allem der von ihnen ausgehende Schmerz war etwas ganz anderes, Fundamentaleres als alles, was ich bislang gekannt hatte.

Als wir uns aus dieser Haltung wieder lösten, waren drei Minuten vergangen, vielleicht vier. Jetzt lagen nur noch unsere Hände ineinander. Zuletzt ließen wir auch diese los und strebten, als sei das der logische Fortgang von allem, in entgegengesetzter Richtung voneinander weg.

Eigentlich hätte ich nun glücklich sein müssen. Ich bemerkte jedoch etwas Ungewöhnliches. Als Katja und ich uns voneinander gelöst hatten, begann ich mich nach einem bestimmten Programm zu verhalten. Katja verhielt sich ebenso.

Zuerst einmal taten wir allen anderen gegenüber so, als wäre es völlig bedeutungslos, daß wir uns eben umarmt hatten. Ich erkannte zwar sofort, daß ich in den letzten Minuten innerhalb der Gruppe in meinem Rang noch einmal um ein wesentliches Stück gestiegen war, und auch wenn mir das in diesem Augenblick völlig egal war, weil ich ja vordergründig von Härchen und Flaum und Hautpigmentierungen und vor allem diesem seltsamen, unbekannten, völlig neuartigen Schmerz in mir absorbiert war, so spürte ich meine eben erfolgte gesellschaftliche Aufwertung doch wie ein Hintergrundrauschen mit. In den Augen der anderen »hatten« Katja Melchior und ich nun »etwas zusammen«, und meine erste Aufgabe (und ihre) war, aus irgendwelchen mir völlig zwingend erscheinenden Gründen so zu tun, als sei das ganz selbstverständlich und als sei eigentlich alles wie vorher. In ihren Augen hatten wir schon länger zusammengepaßt, man hatte geradezu darauf gewartet, und nun war die Königshochzeit vollzogen. Lemmy nickte sachte vor sich hin, als er uns sah, zündete sich eine Zigarette an und schaute tiefsinnig in eine Ferne wie der Marlboromann.

Natürlich wollte ich jetzt unbedingt weiter Katjas Augenbrauen, ihre Augen, ihre Schläfen und Wangen und ihren Mund studieren, um diesen Schmerz irgendwie zu lindern (der zugleich durch eben jene Erscheinungen ausgelöst worden war), aber ich stand ja nicht mehr bei ihr. Was wäre passiert, wäre ich nun zu ihr hinübergegangen? Andererseits wollte vielleicht auch sie lieber bei mir sein, dachte aber ebenfalls: Was wird wohl passieren, wenn ich zu ihm hinübergehe? Wir standen im Raum vielleicht fünf Meter auseinander, und es entspann sich eine dialektische Gedankenkette, die ebenfalls völlig neuartig für mich war. Zwar vermutete ich in diesem Moment ein Vertrauensverhältnis zwischen uns, also daß ich ohne weiteres hätte zu ihr gehen können, um weiterhin ihre Härchen, ihren Leberfleck, ihr Gesicht zu studieren, allerdings machte es dieses Vertrauensverhältnis zugleich auch gar nicht notwendig, jetzt wirklich zu ihr hinüberzugehen, da ich das ja auch zu jedwedem späteren Zeitpunkt würde tun können. Aus irgendeinem Grund kam es mir sogar so vor, *als sei es für den Augenblick besser, nicht zu ihr hinüberzugehen*, aus Angst, ich könnte dadurch irgend etwas falsch machen und mich so der Möglichkeit berauben, jenen Schmerz zu lindern. Zugleich hielt ich es für möglich, daß sie gerade, fünf Meter entfernt, genau dasselbe über mich dachte, was ich über sie dachte.

Ich dachte hin und her: Wenn ich zu ihr hinübergehe, könnte das ein Fehler sein; vielleicht will sie es aber selbst und will es einfach nur nicht zeigen, wie ich ja auch, und kommt deshalb ihrerseits nicht zu mir herüber. Es war wie in einem Western, wo der eine Duellant darauf wartet, daß der andere Duellant seine Waffe zieht, wodurch es zu einem Patt und einem völligen Stillstand der Situation kommt. Aus all diesen Gedanken ergab sich nämlich, daß man lieber erst einmal gar nichts tat und abwartete.

Was tun? Zunächst war es notwendig, nicht einfach dazustehen und zu Katja Melchior hinüberzulächeln, was ja der mimischen Aufforderung gleichgekommen wäre, erneut die Vereinigung zu vollziehen (die so ausgesehen hätte, daß wir wieder nah beieinandergestanden, unsere Hände gehalten und uns angeblickt hätten), sondern es galt vielmehr, genau diesen Eindruck zu *vermeiden*. Am besten tat ich so, als liege es mir ganz im Gegenteil fern, zu ihr hinüberzugehen. Also ließ ich mich mit größter Unbeschwertheit auf ein Gespräch mit anderen Leuten ein, als hätte ich unstillbare Lust, nun genau dieses Gespräch, fünf Meter abseits von Katja, zu führen (übrigens befand sich Katja inzwischen selbst in einem solchen Gespräch mit anderen Leuten). Ich erschrak dabei ein wenig über mich, weil nicht eigentlich ich dieses Gespräch führte, sondern irgend etwas in mir, das mir ebenfalls völlig unbekannt war. Im Grunde hatte dieses Unbekannte, das etwa zeitgleich mit dem Schmerz eingesetzt hatte, bereits unsere Trennung nach der Umarmung herbeigeführt. Eigentlich hätte ich Katja nämlich immer weiter umarmen wollen.

Mein Gespräch führte ich (bzw. dieses plötzlich aufgetretene andere in mir) mit einem solchen Enthusiasmus und einer solchen inneren Beteiligung, daß ich auf die Umstehenden begeistert wirken mußte, obgleich meine innere Beteiligung an dem Gespräch nur insofern vorhanden war, als ich mich daraufhin überprüfte, ob es denn auch so natürlich und ungezwungen wie möglich wirkte. Sicherlich redete ich auch lauter, als ich es bislang auf diesem Fest getan hatte. Übrigens sah ich, daß Katja auf ihrer

Seite ebenfalls mit ungewöhnlichem Enthusiasmus und auffallender innerer Beteiligung in ihr Gespräch vertieft war, was mich noch weiter anspornte.

Ich merkte, wie meine seltsame Situation ungewöhnliche Energien freisetzte, so daß ich tatsächlich ungezwungener denn je und geistig anscheinend völlig beweglich in meinem Gespräch sehr interessante Sachen sagte, die mich selbst überraschten, da ich überhaupt nicht wußte, woher sie kamen, die ich allerdings zwei Sekunden später auch schon wieder vergessen hatte. Das war übrigens genau der Eindruck, den wiederum Katja fünf Meter entfernt auch bei den sie umstehenden Freunden erweckte.

Je länger nun aber unser Getrenntsein dauerte, desto problematischer wurde der Moment unseres Wiedersehens, der ja in der Zukunft lag und noch nicht bewerkstelligt war. Wie würden wir ihn bewerkstelligen? Wer würde es tun? Er konnte offenbar nicht dadurch zustande kommen, daß wir beide ihn wollten, denn dieses Wollen verhinderte ihn ja gerade. Also mußte sich das Wiedersehen scheinbar aus reinem Zufall ergeben und wie pure Natürlichkeit aussehen. Es bedurfte einer *Taktik*.

Für die Wiederbegegnung war zunächst erforderlich, sich räumlich wieder anzunähern. Wir mußten in Gesprächs- und Berührungsnähe kommen. Also wartete ich eine Zeitlang ab, vielleicht zehn, fünfzehn Minuten, dann begab ich mich mit meinen Bekannten zu dem Tisch, auf dem die Nudelsalate angerichtet waren, die Pappbecher und die Ketchupflaschen. Katja tat im selben Augenblick das gleiche, auch sie setzte sich mit den Leuten, mit denen sie zusammengestanden hatte, in Bewegung, um sich ebenfalls an den Tisch bzw. zu den Getränkekisten zu begeben, die unmittelbar neben dem Tisch standen. Ob ich mit meiner Gruppe zuerst losgelaufen war oder sie mit ihrer, konnte ich gar nicht sagen, so zeitgleich hatten wir uns in Marsch gesetzt. Zweck der Annäherung an Tisch und Kisten war vornehmlich, so wollte es die Rolle, die reine Nahrungsaufnahme. Natürlich ging ich dorthin (angeblich) nur, um mir ein Bier zu holen, und die sich zeitgleich in Truppenstärke Richtung Nudelsalattisch in Bewegung setzende Katja Melchior hatte ganz offensichtlich (anscheinend) ebenfalls nur ein Bier oder einen Pappteller mit Nudelsalat im Sinn.

Am Tisch kam es zur Rudelbildung. Die beiden Gruppen vermengten sich, jeder redete nun eine Weile mit jedem, wie es die zufällige Ordnung ergab, und ohne daß irgendein wirklicher Schauspieler es hätte natürlicher darstellen können, standen Katja und ich plötzlich wieder unvermittelt nebeneinander, als hätte keiner von uns beiden damit gerechnet. Da der eine von uns beiden gerade einen Pappteller in der Hand hatte, um sich Nudelsalat zu nehmen, nahm der andere ebenfalls einen Teller, um synchron vom Nudelsalat zu nehmen. Dieses Sich-am-Nudelsalat-Bedienen führte dazu, daß sich unsere Schultern wieder berührten. So nahmen wir unser Gespräch wieder auf, und beide, trinkend und essend (tatsächlich gelang es mir, einige Gabeln herunterzubekommen), gelangten wir nach kurzer Zeit an den Rand der Tischgruppe, die uns scheinbar zufällig zusammengespült hatte, die Wiedervereinigung war bewerkstelligt, und die Vereinigung wurde dadurch vollzogen, daß wir, nachdem wir die Pappteller irgendwo abgestellt hatten, wieder unsere Hand ergriffen und anschließend einige Meter in den Raum hineinschlenderten.

Aus Auseinandergehen und Wiedervereinigen bestand dann der weitere Abend, und jede Phase des Nicht-beieinander-Stehens war so von Schauspielerei gesättigt, daß ich nicht wußte, ob die wenigen Gabeln Nudelsalat oder jene anstrengende dauernde Schauspielerei mir auf den Magen schlug, zumindest war ich am Ende des Abends ebenso glücklich wie erschöpft und hätte auf dem

Heimweg genausogut tanzen wie mich übergeben können.

SKUNKS ARE CRAWLING

Am nächsten Morgen erwachte ich, als die Dämmerung kaum eingesetzt hatte. Normalerweise wachte ich nicht so früh auf. Ich verließ das Bett und stand eine ganze Weile im Zimmer.

In meinem Zimmer befand sich ein Waschbecken, ich mußte nicht ins Bad gehen, um mich zu waschen, allerdings schliefen vermutlich sowieso noch alle. Ich sprengte mir kaltes Wasser ins Gesicht, zog mich aus und stand dann im Lampenschein vor dem Kleiderschrank. Ich hatte einen Schlafanzug getragen, blau, mit weißen Bündchen. Er lag nun auf dem Boden neben dem Bett.

Ich beugte mich hinab und hob ihn wieder auf. Er war noch warm. Ich roch an ihm. Er roch nach mir. Der Geruch war mir zwar nicht fremd, aber irgendwie hatte ich bislang nie auf ihn geachtet. Auch die Wärme in den beiden Kleidungsstücken: sie hatte ihren Ursprung in mir. An der Schulternaht hatte das Oberteil ein, zwei Einrisse. Ich betrachtete die Hose und stellte fest, daß sie an den Knien schütter geworden war.

Ich warf die Teile wieder neben das Bett und trat zum Kleiderschrank. Das meiste darin bestand aus Flohmarktware, die meine Eltern haßten.

Ich griff nach einer Unterhose und hielt, als sie in meiner Hand lag, inne. Ich stand im Schein des Zimmerlichts und sah, während ich verharrte, Katja in ihrem eigenen Zimmer, zwei Kilometer von mir entfernt, genauso im Zimmerlicht dastehen. Vielleicht war sie bereits wach und machte gerade dasselbe wie ich. Ihr Schlafanzug war auch noch warm. Und lag jetzt auf dem Boden.

Mein Zimmerfenster ging nach Osten, draußen zeigten sich erste Farben. In mir arbeitete es. Irgendwann zog ich meinen Schreibtischstuhl an den Tisch heran, setzte mich auf ihn und legte die Unterhose auf den Schreibtisch. Ich faltete sie auf, glättete sie und betrachtete sie. Sie war in der Form einer Badehose geschnitten und hatte einen Eingriff. Ich hatte diesen Eingriff niemals benutzt. Sie war hellblau, mit einem Muster bedruckt, ihre Bünde waren dunkelblau. Mir fiel auf, daß sich diese Unterhose zwar in der Musterung und Farbe, nicht aber in der grundsätzlichen Form von sämtlichen anderen Unterhosen unterschied, die ich in meinem Leben gesehen hatte. Dies hier, was vor mir lag, war zwar unzweifelhaft eine Unterhose für Kinder oder für

Jugendliche, aber dennoch wurde ich nachdenklich. Woher kam diese Unterhose? Wie war sie in meinen Schrank gelangt? Wie ging dieser Umlauf an Unterhosen überhaupt vonstatten? Natürlich, gewaschen und gebügelt wurden sie von meiner Mutter, und sie wurden fein säuberlich zusammengelegt und dann in meinen ansonsten chaotischen Schrank postiert, immer in genügendem Vorrat. Aber beobachtete sie die Unterhosen auf ihre Abnutzung hin und sortierte sie dann aus, und ging sie in ein Geschäft und kaufte sie dann für mich neu, oder war der Umlauf bereits mit meinem älteren Bruder begonnen worden, und hatten dieser und ich uns seit Jahren insgesamt eine große Vorratsmasse an Unterhosen geteilt, ohne davon genau zu wissen? Das fragte ich mich, als ich an meinem Schreibtisch im Morgenlicht saß und entgeistert diese nach Lenor oder Coral riechende Unterhose betrachtete. Draußen die Blätter der Linden, der ein wenig heller werdende Himmel, der Gesang der ersten Vögel, unter meinem Fenster zog gerade ein Trupp amerikanischer Soldaten liedersingend auf seinem Frühmorgenmarsch am anderen Usa-Ufer vorbei, und nun diese Unterhose auf meinem Tisch. Sie lag da wie ein toter Frosch, den ich gleich im Biologieunterricht examinieren würde. Wie oft war ich in sie hineingestiegen, wie oft hinaus, und wie sahen eigentlich diese Bewegungen beim Hineinsteigen und Hinaussteigen aus? Wie würden sie für Katja aussehen? Wie würde sie dabei aussehen? Jetzt hatte ich schon seit Jahren meinen Schwanz, und diese und die anderen Unterhosen bargen ihn, und als vor einigen Wochen eine ältere Frau in einer Kneipe mal wieder nach mir gegriffen hatte, war zwischen mir und ihrer Hand nicht nur eine Hose gewesen, sondern auch eine Unterhose, und vielleicht sogar diese, blau und bedruckt, und sie hatten beide nichts voneinander gewußt, die Frau nicht von der Unterhose und die Unterhose nicht von der Frau.

Seit wann hatte ich diese Unterhose, was hatte sie mit mir erlebt, wie oft war sie Katja begegnet, und mit welcher Unachtsamkeit hatte ich sie immer belegt?

Plötzlich begann sich etwas in mir gegen diese Unterhose zu wenden. Ich sah vor mir, wie meine Mutter ihren Übergangsmantel anzieht, den Autoschlüssel nimmt, in ihr Auto steigt (den ausgedienten vormaligen Dienstwagen meines Vaters), wie sie auf die Kaiserstraße fährt, dort erst einmal eine Weile verärgert eine Parklücke sucht und dann ins Kaufhaus Weyrauch oder in ein Kleiderfachgeschäft geht, um dort unter anderem eine Anzahl

Unterhosen für den Sohn Andreas zu kaufen, denn der braucht neue, oder um sie auf Vorrat zu kaufen, selbst wenn noch keine neuen nötig sind (so wie sie auch beim Nahrungsmitteleinkauf immer mehr einkaufte, als je nötig gewesen wäre).

Oder sie fährt gleich zum Toom-Markt nach Nieder-Mörlen, der einen eigenen Parkplatz hat und in dem die Einkaufswagen doppelt so groß sind wie alle, die wir bis dahin gesehen haben, und dort kauft sie nicht nur riesige Mengen an Fleisch und Kartoffeln und Nudeln und Toilettenpapier und Putzmitteln und Tomatendosen *et cetera*, sondern auch von irgendeinem Haken eine Fünferlage Unterhosen für den jungen Mann bis sechzehn. Diese Unterhosen landen dann im Einkaufswagen und liegen dort eine Weile zwischen Tiefkühlfleisch, Toastbrot, Maracujajoghurt und allem anderen. So werden diese Unterhosen durch die Gänge des Marktes geschoben, dann legt sie meine Mutter auf das Kassenband, und die Kassiererin tippt eine Summe für sie ein. Anschließend schiebt meine Mutter ihre Ladung auf den Parkplatz zum Auto, die Unterhosen sind noch zusammengebunden und wissen noch nichts von mir, ihrem Schicksal. Es wird nun dunkel, denn der Kofferraum schließt sich, und die Unterhosen legen ihre letzten sieben Kilometer bis zu unserem Haus, ihrem Bestimmungsort, zurück. Dort werden sie zunächst mit all den anderen Waren ins Haus geholt und dann von diesen getrennt, sie kommen in den Hausarbeitsraum und werden dort gewaschen, werden anschließend getrocknet und im Kellerraum gebügelt oder gemangelt, und schließlich finden sie sich in meinem Kleiderschrank wieder und umschließen mich dann zum ersten Mal und werden von mir in meine Wetterauer Welt hinausgetragen und lernen mich, lernen Katja, lernen meine Freunde, meine Bewegungen, meine Art dazusitzen kennen.

Diese Unterhose liegt vor mir auf meinem Schreibtisch und wird mir gerade das Fremdeste auf der Welt. Jetzt betrachtete ich den Tisch vor mir. Wie oft hatte ich, nachdem ich mich morgens entkleidet hatte, auf diesem Schreibtisch gesessen, und es war mir nicht einmal bewußt gewesen, daß ich gar nichts anhatte, wenn ich auf die Sonne wartete. Auch der Schreibtisch kannte mich ja bereits. Plötzlich sah ich überall diese fremden Sachen, die alles von mir kannten. Der Schreibtisch kannte mich in einer Weise, wie Katja mich nicht kannte, ebenso wie die vor mir liegende Unterhose, die kannte mich auch. Und all das war von meinen Eltern gekauft und stammte von irgendwo her, ohne daß es etwas mit mir zu tun gehabt hätte.

Ich stand auf. Ich befand mich jetzt mitten im Raum und schaute mich um. Das Leben meiner Eltern war wie eine Pyramide, und hier gipfelte sie, in mir bzw. in diesem Zimmer.

Warum war eigentlich in meinem Zimmer ein Waschbecken? Ich hatte niemals bei irgendeinem meiner Freunde ein Waschbecken in seinem Zimmer gesehen.

Ich ging zu dem Waschbecken hin. Wieso ein Waschbecken? Katja hatte bestimmt keines. Unter dem Waschbecken war wie sonst auch überall im Zimmer ein graugrüner Teppichboden. Was hatten sie sich dabei gedacht?

Ich nahm die Unterhose vom Schreibtisch und hielt sie vor mich. Ich lief zum Spiegel und hielt sie dort vor mich. Meine Unterhose unterschied sich von der Unterwäsche Katja Melchiors durch jenen Eingriff, den ich nie benutzte. Ich überlegte, ob ich diese Unterhose jetzt anziehen sollte. Währenddessen betrachtete ich mich wechselweise im Spiegel und schaute an mir herab. Was ich sah, die Linien meines Körpers, meine Silhouette, glich der Vorstellung, die ich von Katja hatte. Sie hatte zwar diesen Schwanz nicht, aber dennoch war alles genau gleich. Meiner Vorstellung nach war ich identisch mit ihr. Eine widersinnigere Idee konnte es nicht geben: uns diese Toom- oder Kaufhaus-Weyrauch-Unterhose überzuziehen, eine Stoffdruckunterhose mit Eingriff linksseitig oder rechtsseitig oder beidseitig.

Ich warf die Unterhose auf den Boden, zog eine Hose vom Flohmarkt an und ein uraltes kragenloses Hemd, ebenfalls vom Flohmarkt, und ging hinaus, um mich auf den Weg zu meiner Schule zu machen, obwohl es dafür eigentlich viel zu früh war.

Der Teppich auf dem Gang. Die Tapete an der Wand. Der Teppich war sicherlich danach ausgewählt, Verschmutzungen nicht allzu sichtbar werden zu lassen. Die Tapete war weiß gestrichen und konnte neu gestrichen werden, um sie aufzufrischen. An der Decke hingen Lampen, und wenn man im oberen Flur den Lichtschalter betätigte, gingen gleich fünf Lampen auf einmal an. Wer hatte ihnen das beigebracht, und was wollten sie damit?

Neben meinem Zimmer gleich links das Badezimmer. Mein Vater stand noch nicht darin. Seine morgendlichen Routinen waren anders als meine. Er stand nicht in seinem Zimmer und betrachtete seinen Schlafanzug und seine Unterwäsche. Mein Vater rasierte sich, dann putzte er sich die Zähne, schmierte sich sein Haar mit irgend etwas ein, und das fand alles in dem von ihm selbst in Auftrag gegebenen Badezimmer statt, das alleine deshalb in Auftrag gegeben worden war, weil er eine Familie hatte und morgens dann auch zur Arbeit gehen würde und sich rasieren würde und sich die Zähne putzen würde und sich die Haare einschmieren würde. Die Toilette und die Waschbecken, die er benutzte, würden dafür zweimal in der Woche von unserer jugoslawischen Putzfrau Frau Eiler geputzt werden, vielleicht war sie inzwischen auch ersetzt durch die polnische Putzfrau Frau Lotko. Die Handtücher würden im Keller gemangelt, das Toilettenpapier im Toom gekauft, Zahnpasta, Seborin und alles Weitere ebenfalls. Der Badezimmermülleimer würde einmal in der Woche in den allgemeinen Mülleimer rechts unten neben der ans Haus angebauten Garage entleert werden.

Ich lief in meiner Flohmarkthose ohne Unterwäsche durch das Haus und stellte fest, daß tatsächlich noch alle schliefen. War ich so früh aufgewacht? Ich hätte in jedes Zimmer hineingehen und fragen können: Wer seid ihr?

Die Türklinken. Die hatten sie auch ausgesucht. Die Lichtschalter. Die Lampen im unteren Flur bestanden aus silberfarbigen Röhren, an die unten ein breiteres Glas angehängt war, aus dem eine Art von Pickeln oder Wülsten herauswuchs, sie sahen aus wie Peter Gabriel, wenn er das *Slipperman*-Kostüm trug. Fiel mir zum ersten Mal auf.

Die Tür. Abgeschlossen. Ein Schlüssel. Ich habe ihn in der Hosentasche und schließe auf. Die Granitstufen des Treppenabsatzes. Draußen die lange Einfahrt. Die Steine, mit denen sie belegt ist, zähle ich an diesem Morgen ab und denke, wie haben sie sich das alles ersonnen, und wozu?

Die Rabatten. Mein Vater jedes Wochenende im Frühjahr, im Sommer, Gartenarbeit, und dabei trägt er Unterhosen unter seiner Arbeitskleidung, und plötzlich sehe ich meinen Vater wie durch ein Röntgengerät, wie er morgens beim Frühstück in seinem Anzug dasitzt mit seiner Unterhose und dann zur Arbeit nach Frankfurt fährt, im Dienstwagen der Henniger Bräu AG und in seiner Unterhose, von der Frau gewaschen, gestärkt und gebügelt/gemangelt, wie er dann in seinem Büro sitzt und die Sekretärin hereinkommt, wie er dann mit seiner Sekretärin dasitzt, und alles wird von dieser weißen Unterhose aus Feinripp mit Eingriff links oder rechts oder beidseitig beherrscht.

Jetzt stehe ich auf der Straße. Die Häuser im Barbaraviertel: überall Väter, Mütter, Badezimmer, Frühstück, Kinder, Kleiderschränke, Unterhosen. Alles gleich, die Form des Lebens seriell bis hin zur

Unterhose, und wie viele von den Nachgeborenen und mit mir Gleichaltrigen hier im Barbaraviertel tragen eigentlich genau dasselbe Modell, das ich heute morgen in der Hand gehabt habe?

Ich schaue durch eine Autofensterscheibe und betrachte eine Weile das Innere des Autos. Dunkle Polster, die Sitzkuhle, die derjenige hineingedrückt hat, der dort sitzt, um irgendwohin zu fahren. Einige wenige persönliche Gegenstände in der Fahrerkabine, eine Zigarettenschachtel, ein Stück Papier. Einmal hatte mich eine politische Bekannte meines Bruders, Mitte Zwanzig, in einem R5 nach Hause gebracht, nachts um elf, und dann stand der Wagen vor dem Hoftor im Mühlweg, und sie küßte mich, weil ich traurig auf sie wirkte, und das geschah in jenem Automobil, sie saß auf dem Fahrersitz, ich auf dem Beifahrersitz. Seitdem wußte ich, Autos sind wie Häuser, und es kann alles in ihnen geschehen, was in Häusern geschieht. Ich schaue durch die Fensterscheibe, muß lächeln und denke: Jetzt trage ich keine Wäsche, und über dieses Auto und seine Insassen weiß ich nichts.

Noch im Barbaraviertel sah ich jemanden, der in sein Auto stieg. Er war ganz in seiner Welt. Sein Blick richtete sich weder auf die Straße noch auf die Häuser oder den Himmel und auch nicht auf mich. Dieser Mensch war ganz woanders. Es war der Blick derer, die morgens einsteigen. Ich fragte den Mann nach der Uhrzeit, er begriff die Frage nicht einmal. Er war bereits völlig wach, aber wie in Trance. Er kannte nur eins, sein Ziel, und ich war nicht nur völlig zufrieden, sondern glücklich, ja geradezu stolz, all das zu sehen, was mit dem Blick auf meinen Schlafanzug an diesem Morgen angefangen hatte.

Als er losfuhr, machte ich eine Bewegung auf sein Auto zu. Er schaute mich an wie etwas Störendes, mehr noch, er sah eigentlich durch mich hindurch und fragte sich wohl: Ist das jetzt so, daß ich darauf irgendwie reagieren soll, oder unterschreitet das die Reizschwelle und ist gar nicht existent? Mit *das* war ich gemeint, ich sah es in seinen Augen. Ich stand ihm gegenüber, er im Auto, ich auf der Straße, und ich existierte und war für ihn nicht existent. Ich mußte lächeln.

Die Sonne stieg höher, ich verließ unseren Talkessel und lief in die Stadt hinauf. Der Verkehr wuchs an, die einzelnen Straßen waren wie Flußarme, auf denen die Autos als Treibgut ankamen, und die Flußarme schossen zusammen, das Treibgut wurde auf einen Haufen geworfen, staute sich, und in all den Automobilen saßen Menschen und hatten diesen Blick, der von dem Augenblick, den sie gerade erlebten, völlig losgelöst war.

Auf der Kaiserstraße herrschte das Chaos des Berufsverkehrs. Ich sah Massen von Kindern über die Straße den Hang hinab zu meiner Schule strömen. Sie waren bunt und laut, knufften sich oder hakten sich unter, zogen ihre Ranzen lustlos hinter sich her und rannten um die Wette los, wenn es an der Fußgängerampel grün wurde. Sprach man sie an, verstanden sie entweder nichts oder schauten verschämt und unsicher in die eine oder andere Richtung. Sie reagierten wie kleine Tiere und nicht wie Menschen.

Ich stand jetzt am Kreiskrankenhaus oberhalb unserer Schule, als mich ein Kind anrempelte und an mir vorbeirannte. Im Vorbeirennen schaute es nach hinten. Es war wesentlich kleiner als ich und befand sich in einem gerade miteinander rangelnden und sich gegenseitig zu Wettläufen anstachelnden Pulk, an dessen Spitze es sich mit seinem überdimensionierten Ranzen gesetzt hatte. Es war genauso absorbiert wie der Autofahrer vorhin im Barbaraviertel, der auf dem Weg zu seiner Arbeit gewesen und unter dessen Wahrnehmungsschwelle ich geblieben war. Es war ein Junge, ich fand ihn für die nicht mehr so kalte Jahreszeit viel zu dick angekleidet, sah aber, daß alle in dem Pulk so dick angezogen waren, die meisten hatten Kapuzen an ihren Jacken. Der Junge lief geradewegs auf die Straße zu, ich hielt ihn an seiner Kapuze fest, denn gerade kam ein Auto, aber der Junge schaute nicht hin und bemerkte das Auto nicht. Ich versuchte ihm zu sagen, daß es gefährlich sei, wenn er nicht hingucke, wo er hinlaufe, und daß er auf den Verkehr achten müsse. Aber das war nicht möglich. Er rannte einfach weiter.

Kaum war er fort, fiel mir unangenehmerweise ein, wie meine Mutter mich selbst als Kind immer davor gewarnt hat, nicht vor ein Auto zu laufen. Meine ganze Kindheit über war sie Auto gefahren, manchmal sogar nur zur Metzgerei Blum einhundert Meter weiter, und hatte zugleich immer vor den Autos im Barbaraviertel gewarnt und mir gesagt, ich solle aufpassen, wenn ich über die Straße laufe.

Einem plötzlichen Einfall folgend, machte ich ein Experiment: Ich lief auf die Straße.

Ein Auto fuhr auf mich zu. Der Insasse des Automobils war eine Frau. Sie war etwa sechs oder sieben Meter von mir entfernt und das vordere Ende ihrer Motorhaube vielleicht vier oder fünf Meter. Das Auto fuhr, von der Kaiserstraße abbiegend, die Ockstädter Straße entlang und passierte gerade das Kreiskrankenhaus. Ich blickte, wie ich auf der

Straße stand, die Frau an und vermerkte alles in einem genauen Protokoll, genau wie am Vorabend bei der Umarmung mit Katja Melchior.

Der Gesichtsausdruck der Frau war zunächst indifferent. Sie sah vor sich hin, offenbar gedanklich mit irgend etwas beschäftigt, es lag eine gewisse Abwesenheit in ihrem Gesichtsausdruck (als gehörte diese spezifische Abwesenheit zum Autofahrersein dazu und als könnte man ohne sie gar nicht Auto fahren). Dann aber kommt Kontur in ihre Züge, sie beginnt zu fixieren. Der Gesichtsausdruck der Frau wirkt nun überrascht. Sie sieht, daß da etwas ist, begreift aber noch nicht, was es bedeutet, daß da etwas ist (ich).

Dann beginnt sich dieses Gesicht massiv zu verändern, aber gleichsam in Zeitlupe, obgleich natürlich alles blitzschnell vonstatten geht. Streß kommt hinein, eine Form der Unwilligkeit zunächst, aber auch nur als winziger Übergangsmoment, denn jetzt reißt sie die Augen immer weiter auf und ist nur noch vier Meter von mir entfernt. Ich entdecke nun, daß auf dem Rücksitz ein Kind sitzt. (Das Kind – fiel mir in diesem Moment ein – saß natürlich hinten, damit es dort weniger eher sterben oder zu Schaden kommen würde als vorne neben der Mutter auf dem Beifahrersitz.)

Das Auto fuhr auf mich zu, und ich sah das Kind auf der Rückbank. Es handelte sich bei der Autofahrerin also um eine Mutter, die ihr Kind zur Schule brachte. Vermutlich dachte sie, es könne jetzt gleich einen Aufprall geben, also einen Aufprall des Autos auf mich. Das würde dem Auto nicht viel ausmachen und den Insassen und vor allem dem Kind auf dem Rücksitz ebenfalls nicht, vorausgesetzt, der Fahrer würde nicht scharf bremsen. Würde er scharf bremsen, könnte das Kind nach vorne stürzen, gegen den vorderen Sitz oder die dortige Kopfstütze prallen oder sich im Gurt strangulieren, es könnte sich a) weh tun b) den Hals verrenken c) das Genick brechen d) erwürgen e) sterben oder f) für immer behindert bleiben.

Ich sah also im Gesicht der Frau hinter der Windschutzscheibe genau jenen Konflikt buchstabiert: Werde ich jetzt mein Kind gefährden / verletzen / auf ewig körperbehindern / töten; oder werde ich diesen völlig geisteskranken Vollidioten vor mir da auf der Straße, nur in Hemd und Hose und nicht einmal mit Unterwäsche, zu schonen versuchen?

Und dann sah ich noch etwas Weiteres. Ich sah Unwillen, der sich im Gesicht dieser Frau ausbreitete, immer größer wurde und schließlich das ganze Gesicht beherrschte. Unwillen darüber, nun vor diese Situation gestellt zu sein, Unwillen darüber, entscheiden zu müssen, Unwillen darüber, daß ihr überhaupt jemand diese Frage stellt.

Und schließlich mündete es in die Nichtakzeptanz dieser Frage. Ihr letzter Gesichtsausdruck sagte: Ich habe damit nichts zu tun und bin dafür nicht verantwortlich, ich bringe hier nur mein Kind zur Schule, und was gleich passieren wird, Entschuldigung, was habe ich damit zu tun?

Ich trat einen Schritt zurück, ließ die Frau in ihrem übrigens bemerkenswert langen Auto vorbeifahren (fast so lang wie der Mercedes-Benz-Dienstwagen der Henninger Bräu, den mein Vater fuhr) und schaute hinterher. Durch die Rückscheibe sah ich den blonden Schopf des Kindes, das Kind drehte sich nicht um und hatte gar nichts bemerkt, ich sah es nur von hinten. Genau so hatten sie mich früher auch immer zur Schule gebracht.

In der Schule merkte ich, daß ich mein Schulzeug vergessen hatte.

Im Verlauf des Tages wurde mein Zustand zusehends seltsamer. Meine Umwelt kam mir vor wie eine Ansammlung von Puppen, mit denen etwas aufgeführt wurde. Nach der Schule saß ich auf den Treppenstufen des stillgelegten Kinos nahe der Augustinerschule, am Rand des Trottoirs, und betrachtete die Menschen.

Es war wie am Morgen: Alle hatten ein Ziel und trugen den Wunsch, zu diesem Ziel hinzukommen, in ihrem Gesicht. Die Alten strebten zu dem Arzt, der im Hochhausgebäude hinter dem HL praktizierte, es gab korpulente Mütter, die mit Einkaufswagen aus dem HL herausgeschoben kamen, um den Inhalt ihrer gewaltigen Einkäufe im Heck des Automobils zu verstauen (Tiefkühlware, Konserven, Abgepacktes, Fleisch, Hack). Manchmal gab es junge Mütter, die kleinere Einkäufe machten und irgendwie verloren wirkten.

Irgendwann barg ich auf der Treppenstufe mein Gesicht in den Händen. Nun hörte ich nur noch Geräusche. Schritte. Stimmen. Autos. Gas. Bremsen.

Einparken. Stimmen von Schülern, Schülerinnen, kleinen, großen. Gespräche über irgendwelche Dinge.

Ich nahm die Gespräche wahr, aber sie hatten keinen Inhalt, sondern alles löste sich in Schweben auf, nachmittags um vierzehn Uhr auf der Treppenstufe in der Ludwigstraße.

Ich glitt dahin.

Nach einer Weile spürte ich eine Hand auf meiner Schulter.

Ich öffnete meine Augen nicht. Ich überlegte mir, wer die Person sein könnte, die ihre Hand auf meine Schulter gelegt hatte. Zuerst malte ich mir aus, es sei Katja Melchior. Ich saß ja unweit ihres Schultores. Dann aber, im nächsten Bruchteil der Sekunde, dachte ich (keine Ahnung warum) an die Tochter des Buchhändlers. Sie würde mich vielleicht stirnrunzelnd anschauen und mich fragen, was ich hier mache und warum ich so seltsam dasitze. Oder es waren andere Schüler der Augustinerschule, Jungs oder Mädchen, die mich kannten, die mich begrüßen würden, mit denen ich ein Gespräch führen und mit denen ich eine Weile auf der Ludwigstraße stehen würde.

Dann aber öffnete ich meine Augen, und vor mir kniete eine unbekannte Frau von vielleicht dreißig

Jahren, doppelt so alt wie ich. Sie fragte, ob mir schlecht sei.

Ich betrachtete die Frau. Sie gehörte in die Generation der Älteren, die mit all dem, was ich erlebte, nichts zu tun hatten. Wahrscheinlich hatte sie: Kinder, Haushalt, Ehe, Mann, Schlafzimmer, Wohnzimmer, Eßzimmer, Einkaufen, Kochen, Theater, Stereoanlage, Urlaub, Auto, eben kam sie wohl vom HL. Zuerst fand ich ungewöhnlich, daß sie mich fragte, es wunderte mich ein wenig. Ich war schon kurz davor, Antwort zu geben, aber etwas hielt mich zurück. Ich mußte plötzlich an die älteren Frauen in meinen Wirtschaften denken, die mich manchmal küßten und anfassen wollten. Ich sah die Frau an, wie sie vor mir kniete, ihr Gesicht auf der gleichen Höhe mit meinem, und fühlte etwas Seltsames. Etwas in der Weise, *wie* ich sie anschaute, war für mich neu. Ohne mein Zutun (sondern wie am Abend zuvor, als handele ein anderer in mir) legte sich dieses Etwas in meinen Blick. Mit einem Male nämlich hatte ich den Eindruck, mein Blick könnte dazu führen, *daß ich über die Frau eine Art von Kontrolle gewinnen und gewisse Reaktionen bei ihr auslösen könnte.* Ich merkte, wie sich meine Gesichtszüge in einer bestimmten Weise ordneten und auf ein Ziel lenkten. Ich hatte ein ganz diffuses Empfinden in mir. Etwas in mir schien zu sagen, ich werde diese Frau nun so anschauen, daß ich sie durch meinen Blick festhalten werde, und sie wird dadurch sehr verwirrt sein, das weiß ich jetzt schon. Vielleicht sogar erschüttert. Und am Ende wird vielleicht auch sie mich küssen und anfassen wollen.

Wir schauten uns lange an, dann sagte ich nein, es sei alles in Ordnung.

Die Frau blickte mir noch ein paar Sekunden in die Augen, man sah es hinter ihrer Stirn arbeiten. Dann erhob sie sich und ging.

Als die Frau verschwunden war und ich meinen Kopf zurückdrehte, den Blick Richtung Augustinerschule, stand die Buchhändlertochter vor mir. Zehn Meter hinter ihr kam Katja heran. Ich spürte es sofort in meinem Magen ziehen. Und begriff im selben Moment, daß ich mich nur deshalb hier an den Trottoirrand gesetzt hatte, um so von Katja gesehen zu werden. Genau dieses Bild hatte ich bzw. jener am Vortag in mir neu entstandene Jemand vor ihr abgeben wollen.

In den nächsten Tagen entwickelte ich Verhaltensweisen, die allesamt die Rolle weiterführten, die ich seit dem Fest Alex Binders zu spielen begonnen hatte. Ich nahm das erstaunt zur Kenntnis, denn es kam aus dem Nichts. Etwa daß ich frühmorgens, wenn noch alle schliefen, jetzt regelmäßig am Fenster saß und die Bäume am gegenüberliegenden Usa-Ufer betrachtete, bis das Sonnenrot im Osten hinter ihnen hervorkam; daß ich das Haus, so früh es ging, verließ, in den Ort lief und bereits vor der Schule eine Weile durch die Straßen streunte; daß ich, obwohl es noch kühl war, meine Jacke vergaß (und nicht nur die Schulsachen) *et cetera*. Und obgleich diese Dinge automatisch geschahen, waren sie immer von Bewußtsein begleitet, also daß ich mir beispielsweise sagte: So, nun erwachst du mitten in der Nacht, wo du normalerweise schläfst! So, nun sitzt du also auf deinem Schreibtisch am Fenster und wartest auf den Sonnenaufgang! So, jetzt hast du also gerade das Haus verlassen und deine Jacke vergessen, obgleich es noch kühl ist (du könntest ja zurückgehen und sie holen ... so, das tust du also nicht! ...) *et cetera*.

Ich tat plötzlich eine ganze Reihe von Dingen, die ich auf diese Weise bespiegelte, etwa daß ich mein Essen stehenließ bzw. es immer nur bis zu einem bestimmten Punkt aß, und zwar genau so weit, daß das, was auf dem Teller verblieb, noch eben genug war, um sagen zu können, ich hätte mein Essen stehengelassen. Das machte ich in Gesellschaft ebenso wie allein, zum Beispiel mit einem Käsebrot, das ich mir in der Küche neben unserem Kühlschrank schmierte. Ich stand neben dem Kühlschrank, aß das Brot zur Hälfte, schaute es dann verwundert an, betrachtete es eine Weile ausführlich und mit seltsamem Interesse, bis es mir immer fremder in der Hand wurde und ich immer eigenartiger fand, so etwas zu essen, und am Ende legte ich es weg und fühlte mich von alldem leicht berauscht.

In solchen Zuständen begann ich durch den Ort zu vagabundieren; ich kaufte mir für ein paar Mark auf dem Frankfurter Flohmarkt einen vergleichsweise abgerissenen Mantel, saß erstmals viel zu lange auf den Bänken Friedbergs und betrachtete die Menschen, so wie es Obdachlose tun. Ich entwickelte sowieso ein eigenartiges Interesse an den Obdachlosen im Ort. Ich raffinierte einen metaphysisch vermeintlich zwingenden Verweigerungs- oder Entsagungszustand, das heißt, ich saß schon frühmorgens auf der Bank, wobei mir natürlich kalt war, aber offenbar wollte ich das so, also saß ich da. Auch im Juz, unserem Jugendzentrum, saß ich jetzt mit einer gewissen Abgründigkeit herum.

Einerseits ließ ich mein Essen zu Hause oder mit meinen Eltern in den Gastwirtschaften stehen, aber andererseits lief ich plötzlich in den Fisch Umsonst auf der Kaiserstraße, ein Geschäft, das damals Fischgerichte als Imbiß anbot, stellte mich in die Ecke und aß von den Tellern der anderen Friedberger die Reste. Ich wurde binnen kurzem zu einer anderen Gestalt, das dauerte kaum Wochen. Im Sanssouci oder Lascaux, meinen Kneipen, trank ich nun auch Bier auf eine andere Weise, nämlich so, daß ich mit einem veränderten Blick auf die gegenüberliegende Wand oder in eine diffuse Leere blickte. Einerseits konnte ich mich gegen diesen Blick nicht wehren, andererseits hieß irgend etwas in mir ihn gut, ich hielt ihn für folgerichtig, ja notwendig. Genau dadurch begleitete ich ihn stets mit diesem »Bewußtsein«.

Die Begriffe der Askese und der Ekstase waren mir damals aus dem Fernsehen, aus Nachrichtenmagazinen und Lexikonartikeln bekannt, aber ich wäre niemals auf den Gedanken gekommen, sie auf mich zu beziehen oder auf das, was ich in diesen Tagen und Wochen tat. Ich hatte von diesen Begriffen zwar gehört, aber – wie bei jedem Begriff, der aus Büchern, Lexikonartikeln oder aus dem Fernseher stammte – sie nicht in Verbindung mit mir selbst gebracht, sondern für etwas Fremdes und Absonderliches gehalten. Ich hatte Filme über Sekten oder Religionsgruppen gesehen, die sich selbst mit Peitschen oder Klingen verletzten. Sie hungerten für einen Gott und betrieben seinethalben Askese. Sie lebten in Klöster eingeschlossen, standen um drei Uhr morgens auf und beteten bis zum Sonnenaufgang. Sie hatten eigentlich kein eigenes Leben, sondern opferten sich einer anderen Sache auf. Ich fand es unwahrscheinlich, daß Menschen so etwas freiwillig tun konnten, es war kein Sinn darin zu sehen.

Aber auch wenn ich diese Verhaltensweisen mehr als seltsam fand, so hätte ich damals doch ganz ähnliches an einigen von uns und vor allem an mir beobachten können.

Wenn ich etwa daran denke, wie ich morgens auf dem Schreibtisch saß und auf die Sonne wartete, dann sehe ich heute meinen Freund Alexej in seinem Münchner Kloster vor mir, der jeden Frühmorgen ähnliches macht, wobei er sich allerdings in einem expliziten Gebet befindet. Meines damals war natürlich kein explizites Gebet, aber es muß etwas sehr Verwandtes gewesen sein, was mir durch den Kopf ging. Alexej freilich durchwacht den Morgen nach seiner Regel, ich hatte damals keine. Und dennoch war offenbar eine in mir angelegt. Neben dem asketischen Schlafentzug (der, wie ich heute natürlich weiß, der Definition nach geschieht, um sich höheren, transzendenten oder meditativen Dingen widmen zu können) *fastete* ich ganz offensichtlich, denn ich aß wenig und nahm ab. Auch wenn ich es nicht Fasten genannt hätte, sondern Verliebtheit oder einfach Katja. Ich befand mich zugleich auch offenbar in einem inneren Bettelorden, zumindest befolgte ich ein ähnliches Reglement, indem ich absichtlich nur wenige und eher schäbige und abgelegte Kleider trug (als beanspruchte ich nichts Eigenes für mich; später sollte daraus eine ganze Kleidungsindustrie werden, aber es war noch die Zeit, als die Löcher in der Kleidung durch Abnutzung von selbst kamen und noch nicht verfertigt waren) und mir oft fröstelte, ich mich also den Umständen der Natur aussetzte, obgleich ich mich besser vor ihnen hätte schützen können. Als jugendlicher Wetterauer Bettelmönch verlangte ich keine eigene Nahrung für mich, sondern gab mich mit Abfällen zufrieden, nämlich denen im Fisch Umsonst. Wenn ich andersherum das Essen zu Hause oder im Restaurant exakt kalkuliert stehenließ, dann lag darin auch eine Ähnlichkeit zu einer religiöse Handlung, nämlich zu der des *sacrificium*, das in früheren Zeiten meist verbrannt wurde, hier allerdings dadurch vernichtet wurde, daß es fortgeworfen bzw. von meinem Vater aufgegessen wurde, der nicht ertrug, wenn Essen verlorenging (was oft ganz erheblich zu seiner Migräne beitrug, denn alles aufzuessen, was auf den Tellern der fünfköpfigen Familie übrigblieb, konnte nicht zuträglich sein).

Die Tage waren in zwei Ebenen unterteilt, es gab die Sphäre des Profanen, das waren die gleichsam weltlichen Gegebenheiten: die Schule, die Familie, die gemeinsamen Essen mit ihr (die damals aber nicht mehr häufig stattfanden), Fußball, der Gang nach Bad Nauheim ins Eishockeystadion und anderes. Und es gab die sakrale Sphäre. Beides lernte ich schnell miteinander verweben, und so, wie ich beim gemeinsamen Mittagessen am Sonntag meine Anbindung an die sakrale Katja-Sphäre dadurch zum Ausdruck brachte, daß ich mein völliges Desinteresse an der Situation zeigte und mir gleichsam zu schade für all das war, weil es sozusagen vom Seinswert her zu niedrig und nicht an das Höhere angebunden war, so konnte allein der Gang durch den Bad Nauheimer Park zum Eisstadion schon zu einer Art Meditation und Gebet werden (man nennt das bezeichnenderweise *anhimmeln*), und ich konnte überall an Katja denken und den Schmerz über mich kommen lassen und das Frösteln und alles Weitere.

Mit alldem blieb ich nicht allein. Bülent etwa begann zu dieser Zeit mit seinen Nachtwachen. Auch er entwickelte eine zweite Natur, er wurde plötzlich zu einem Nachtmenschen. Man konnte ihm draußen in der Stadt begegnen, nachts um eins oder zwei, wie er auf einer Mauer saß, oder er lief über die Seewiese, an ganz verschiedenen Orten tauchte er plötzlich auf und verschwand wieder, er wurde zu einer Art Nacht-Katze. Oder er saß auf dem Dach des Mietshauses, in dem seine Familie wohnte, und über ihm der Sternenhimmel, der ihm dann für Stunden genügte. Er trug auch meistens keine ausreichende Kleidung in diesem Frühjahr.

H. dagegen begann damals zu schreiben. Er war nicht nur der erste Schreibende, sondern davor auch schon der erste Leser in meinem Leben. Er hatte seine Fußballtabellen und Kickermagazine weggelegt und dafür Arno Schmidt hervorgeholt, an dem er nun seine Dienste leistete, die auch bei ihm Schlafentzug und Konzentration bedeuteten, denn er schrieb nachts, und manchmal machte er rituelle Lesungen, für die ein ganz bestimmtes Licht hermußte, eine gewisse Atmosphäre geschaffen wurde wie bei einer *celebratio,* so wie auch Alexej, als er noch kein Mönch war und in seinem Übergangswohnlager in Winsen an der Luhe wohnte, sich unbedingt geweihte Kerzen für seine Ikone besorgen mußte, dafür sein letztes Geld opferte und bis Lüneburg fuhr, um sie zu bekommen. Bei den Lesungen H.s wurde immer indischer Tee getrunken, auch das war im Ritus festgelegt (was er vorlas, verstand ich allerdings nie, und ich habe auch keinerlei Erinnerung daran). Auf seine Weise war H., ebenso wie ich, zwar noch genau derselbe, der er ein Jahr zuvor gewesen war, vor dem Beginn seines Dienstes, aber genau wie ich war er nun verwandelt, und jeder Teil seines Wesens erschien in einer anderen Form, wie bei einer Übersetzung.

Gegenstand der neuen eigenen Person war der Dienst, dem man sich widmete.

Lemmy machte das gleiche auf seine Art. Er ging auf die Straße vor die Kneipen, prügelte sich dort und ließ sich zusammenschlagen, und später saß er mit zerrissenem T-Shirt und blutenden Wunden auf dem Asphalt und hatte auf diese Weise sein *sacrificium* und seine Selbstgeißelung.

Innerhalb weniger Wochen gewann mein Leben neue Motive, die alle aus jenem plötzlich aufgetretenen dialektischen Zwitterdasein meines Wesens und meiner Gedanken hervorkamen. Wenn ich Katja traf, war ich inzwischen, abgelöst von meiner früheren Person, ein anderes Ich geworden, das aus lauter Elementen bestand, die ich eigens für diese Rolle erfunden hatte. Meine eigentliche Person (oder das, was ich vorher gewesen war) verschwand nicht hinter diesem anderen Ich, aber wurde in es übersetzt wie bei einer Metamorphose, so daß ich mir in allem gleichblieb, aber eine andere Gestalt annahm. Ich wurde selbst zu dieser Rolle, bzw. sie kam aus mir heraus, nur daß ich sie eben mit jenem »Bewußtsein« begleitete, so daß der Rollencharakter stets unverkennbar blieb.

Wenn ich mit Katja zusammen war, hatte ich anschließend immer dieses eigenartige Gefühl im Magen. Dieses Gefühl kam weniger durch mein Verliebtsein als, wie auch schon auf dem Fest, von der andauernden Aufführungsleistung, die ich erbrachte. Wenn ich zum Beispiel auf den Hof der Augustinerschule gelaufen kam, war es jedesmal so, als würde ich dort aus bloßem Zufall erscheinen. Ich glaubte sogar selbst stets daran, daß es Zufall war. Vielleicht *war* es ja auch Zufall. Meist war ich nach der Schule nicht direkt auf den Hof der Augustinerschule gelaufen, sondern etwa erst einmal ins Literaturcafé gegangen. Dann hatte ich vielleicht mit Bülent und Michael auf irgendeinem Garagenhof mit einem Tennisball herumgekickt. Später hatten wir noch irgendwo in der Stadt auf einer Bank herumgesessen, und erst dann war ich auf den Hof der Augustinerschule gelaufen. Das einzige, was den Gang zur Augustinerschule vom bloßen Zufall unterschied, war, daß mir, kaum lenkte ich meine Schritte in Richtung Augustinerschule, stets bewußt war: So, jetzt gehst du also zur Augustinerschule! Aber vielleicht war das ja nur eine Sache des Denkens, und ich verband tatsächlich gar nichts damit, dort hinzugehen. Sollte ich es mir also, nur weil es mir auffiel, verbieten? Wäre ich *nicht* zur Augustinerschule gegangen, dann wäre folglich *das* kein Zufall gewesen! Indem ich mir beweisen wollte, daß es reiner Zufall war, mußte ich also geradezu zur Augustinerschule laufen. Betrat ich den Hof, dann sah ich Katja unter der großen Kastanie, denn ich war natürlich rein zufällig genau zu dem Zeitpunkt auf den Hof gekommen, da sie auf ihren Geigenunterricht oder eine Orchesterprobe oder eine sonstige nachmittägliche Veranstaltung wartete, von der sie mir erzählt hatte. Unser Gespräch kam, unter Entstehen des Bauchgefühls, mit einer vollkommenen Leichtigkeit zustande, und es ging darin nie um das, was mich eigentlich hauptsächlich bannte, nämlich ihren Augenbrauen, ihrem Flaum, ihrer Wange, ihren Schläfen, ihrer Stirn so nahe zu kommen, wie es nur ging, um den Schmerz, den sie mir erzeugten, dadurch zu lindern. Sondern wir sprachen über Musik, Mitschüler, Freunde, eine *Godot*-Aufführung, Chaplin-Filme, Pfadfinder (sie war Pfadfinderin), über die Freunde, die in der Konfirmationsgruppe waren, wir sprachen über Ferien, das Usa-Ufer, den Hund der Buchhändlertochter, oder sie erzählte von den nächtlichen Spaziergängen gemeinsam mit der Tochter des Buchhändlers nach Ockstadt und zur Hollarkapelle. Während alldem erweckte ich permanent den Eindruck, ich sei unbedingt an den Gesprächen interessiert, die wir gerade führten, und tatsächlich begeisterten diese Gespräche mich auch, denn ich merkte selbst, wie einfallsreich ich an diesen Gesprächen teilnahm und daß ich das alles so einfach konnte. Allerdings hatte ich anschließend stets einen Muskelkater im Bauch von der permanenten Anspannung.

Das war in etwa mein Zustand zu der Zeit, als ich die Mädchen beim Hickelkästchenspielen und Gummitwist antraf. Wenn ich morgens auf meinem

Schreibtisch saß, um den Sonnenaufgang zu sehen, wenn ich mein Essen stehenließ, wenn ich mich auf die Bänke der Stadt setzte, dann tat ich das ganz offenbar, weil ich meinte, daß jemand, der in einem solchen Zustand wie ich war, das nun einmal so tue. Übrigens brachte mich all das Katja in diesen Wochen um kein Stück näher, aber das war offenbar auch gar nicht das Ziel. Ziel war auch nicht die kultische Verehrung Katjas um ihrer selbst willen. Das Ziel war vielmehr die mit einem solchen Kult einhergehende Veränderung meiner eigenen Person. Ich war dabei, ein Bild von mir zu entwerfen, das erste Bild meiner Wahl. Das heißt, auch das Frösteln, der Hunger, die Magenkrämpfe und die Sehnsucht, alles vornehmlich Katjas Person abgewonnene Motive, hatten darin ihren Grund. All das waren die neuen, noch wortlosen Mittel der Autarkie gegenüber meinem früheren, ersten Sein.

Ich vollzog eine Hochzeit mit dem Ort, was in gewisser Weise stellvertretend für eine Zusammenführung mit Katja Melchior geschah bzw. diese ersetzte. Wenn ich an der alten Bahndammmauer oder an der Steintreppe vorbeikam, widmete ich mich ihnen jetzt intensiver als vorher und nun stets mit einem gewissen Schmerzgestus. Manchmal legte ich mich auf die Balustrade, oder ich rieb mir die

Handflächen an ihrem Stein auf, so wie bei Lukrez beschrieben wird, wie der Liebende sich am Objekt seines Liebens verzweifelt reibt, ohne sich dadurch auch nur eine Krume des Wesens dieses Objekts einverleiben zu können. Höchstens seine eigenen Atome kann er, infolge dieses Reibens, dem Objekt seiner Liebe entgegenschleudern, so wie vor wenigen Wochen, auf dem Fest Alex Binders, sich meinen Augen die Gesichtselemente und -details Katjas plötzlich explosiv entgegengeschleudert hatten. Wie in jenem Moment mit einem Mal alles aus Katjas Gesicht bestanden hatte, so wurde für mich dieses Friedberg in der Wetterau in allen seinen Details plötzlich immer präsenter und aufgeladener, in völliger Vermengung mit dem Gefühl, das ich Katja Melchior gegenüber empfand. Da sie in jedem Detail der Stadt fehlte, in jeder Bank an der Burgchaussee, in jedem Stück Mauer unseres Burgwalls, in jedem Halm, der im Burggraben wuchs, in jeder Fiale und jedem Wimperg unserer Stadtkirche – weil sie in alldem fehlte, war sie umgekehrt in allem vorhanden und grundierte durch ihr Fehlen den gesamten Ort und die gesamte Landschaft, wobei ich mir nicht sagen konnte, was dieses »Fehlen« eigentlich bedeutete und worin es genau bestand.

Kaum eine Wand, kaum ein Baum, an denen meine

Hand nicht in diesen Wochen entlangfuhr, kaum ein Efeu, von dessen Blättern ich mich nicht streicheln ließ (damals wurde ich für Bettina zu dem besagten Naturnarr und Blumenheini), und wenn ich mich mit einer Freundin nachts angetrunken mitten auf die Straße setzte, vielleicht um uns überfahren zu lassen (es kam allerdings nie ein Auto, die Friedberger fuhren selten mitten in der Nacht), dann war das möglicherweise genau dasselbe.

Ich war inzwischen zwar sichtlich abgemagert und hatte öfter Magenkrämpfe, aber eigentlich fand ich damals alles ganz normal, es fühlte sich höchstens ein bißchen feierlich an, ich war leicht benommen wie bei einem sportlichen Wettkampf oder wie wenn man sich auf etwas ganz Besonderes freut. Nach der Schule hing ich die ganze Zeit draußen herum, besuchte ständig irgendwelche Leute, ging ins Juz, in Kneipen, wo alle rumsaßen, und in verschiedenen Gruppen zogen wir dann los durch die Stadt und in die Dörfer, verabredeten uns, trennten uns, und alles geschah mit dieser nervenaufreibenden Leichtigkeit, die man vielleicht nur deshalb aushalten konnte, weil ständig eine gewisse Benommenheit über einem lag. Diese Benommenheit ließ seltsamerweise alles noch viel klarer erscheinen. Jene eigenartige Klarheit wiederum führte dazu, daß sich noch die unwichtigsten Geschehnisse und Details mit festen Strichen in die Erinnerung einzeichneten.

Auf den Festen befand sich die Buchhändlertochter im Gegensatz zur stets im Mittelpunkt stehenden Katja meist am Bildrand. Immer wenn sie erschien, war jemand bei ihr, war sie im Gespräch, war ihr Hund Momo da, wirkte sie mit irgend etwas beschäftigt. Ich stand inzwischen auch immer im Mittelpunkt, fühlte mich aber von ihr jedesmal ein wenig kritisch beobachtet in meinem neuen Zustand.

Die Feste häuften sich und verliefen immer nach dem gleichen Schema. Die Gruppe wurde größer, es waren inzwischen auch Ältere dabei. Irgend jemand baute einen Tisch auf, jemand warf Matratzen in eine Ecke, von irgendwo her kam Essen, und schließlich wurden Bierkästen herbeigeschleppt. Manchmal kam Musik vom Band, manchmal standen ein Schlagzeug und eine Verstärkeranlage und Gitarren herum. Der Plan für ein solches Fest wurde meist sehr kurzfristig und fast immer ohne besonderen Anlaß gefaßt, man zog von einem Haus zum nächsten, je nachdem, wo gerade die Eltern nicht da waren. Zuerst hatten die Partys noch in Kellerräumen stattgefunden, aber als es wärmer wurde, gingen wir in die Gärten hinaus, dann standen dort die Tische, die Instrumente und die Bierkästen, und später lag alles voller Matten und Schlafsäcke. Am Ende waren wir um die dreißig Menschen. Schließlich entwickelten wir ein Gefühl, als gehörte uns die ganze Wetterau und als gehörten wir uns alle gegenseitig, so erwachten wir morgens auf unseren Lagern in Dorheim, in Echzell, in Karben, in Schwalheim, in Ockstadt, und neben uns schliefen Mädchen oder Freunde, und noch der Heimweg verstärkte den Eindruck vollkommener Freiheit, man mußte ja jedesmal trampen oder wenigstens mit dem Fahrrad fahren und war immer in der Landschaft draußen, stets mit geweitetem Herzen. Am Abend, wenn man herumsaß wie bei der Besiegelung einer Freundschaft und Blutsbrüderschaft, machte man schon das nächste Treffen und das nächste Fest aus, alles entstand aus einer Laune.

So kam es auch zu der Nacht im April in Katjas Wohnung, an der keinerlei Gewicht hing, sondern die auch in die Kategorie »Leichtigkeit« gehörte. Wir waren zunächst auf einer Freizeit der Konfirmandengruppe gewesen, irgendwo ein paar Dutzend Kilometer entfernt auf dem Land. Ich gehörte, als katholisch getauft, zwar nicht zu dieser Gruppe, und Katja ebenfalls nicht, aber wir fuhren dennoch mit, da wir alle untereinander befreundet waren und uns auch sonst ständig trafen. Wir neigten damals zur Vermengung auf allen Ebenen. In meinen Freistunden lief ich zur Augustinerschule hoch und ging dort in den Unterricht mit, und andererseits kamen immer irgendwelche Freunde aus der Augustinerschule herunter und setzten sich mit uns in unseren Unterricht. Die Lehrer fanden das zunächst befremdlich, aber es wurde in diesem Halbjahr fast zur Regel. So saßen wir als Katholiken also bei den Protestanten auf dem Land, spielten gemeinsam unsere Spiele und unsere Instrumente, diskutierten, tranken und rauchten, und irgendwann nachts schliefen dann alle in ihren mitgebrachten Schlafsäcken. Ich schlief neben Katja, sie in ihrem Sack, ich in meinem.

Zurückgekehrt aus jener Freizeit, blieben wir noch eine Weile zusammen und gingen nicht nach Hause, sondern besiedelten wieder die Cafés, tranken Bier im Juz und saßen irgendwo draußen mit angewinkelten Beinen in der Aprilsonne herum. Der Plan war, daß Anja Kling diese Nacht bei Katja, ihrer Freundin, übernachten würde, denn deren Geschwister und Mutter waren über das Wochenende fort (Katja war Halbwaise). Ich glaube, niemand von uns hatte seine Tasche nach der Freizeit nach Hause gebracht, sondern wir nahmen sie einfach noch mit durch den Tag bis zum Abend. Es war inzwischen wärmer als noch eine Woche zuvor beim Hickelkästchenspiel, Katja trug ein weißes T-Shirt und darüber ihre langen Haare. Wir liefen durch die Straßen im Laternenlicht, links und rechts Rhododendren, Tulpen und Veilchen in den Vorgärten. An einer Stelle blieben wir stehen und versuchten, einen Gullideckel aus der Straße herauszuheben. Wir streunten herum, schließlich kamen wir zu Katjas Haus und gickelten ein wenig, weil wir nun dieses Haus betreten und die Treppen hinauflaufen würden, die Wohnung aufschließen und dann eben die ganze Wohnung für uns haben würden. Ich kannte die Wohnung nicht. Oben angekommen, öffnete Katja und drehte das Licht an. Die Wohnung befand sich in einem Mietshaus aus den siebziger Jahren, war aber noch ganz im alten Stil eingerichtet, eine schwere, abgewetzte Garderobe (darunter die Schuhe), ein Spiegel in ovaler Form mit Holzrahmen, Schirmlampe, die Türen dunkel, im Wohnzimmer alles schwer, lastend und eng, Vitrinenschrank, Polstersofa (dunkelgrün), Fernseher auf einem kleinen Eichentisch auf Rollen. Die Gardinen und Vorhänge zugezogen. Es war wie ein Zimmer aus meiner frühen Kindheit, wie die Wohnung meiner Urgroßmutter, nur kleiner und enger.

Wir sitzen auf dem Boden, gickeln wieder, lehnen an der Couch, trinken Rotwein und machen den obligatorischen Rotweinfleck, den Katja mit Salz behandelt. Wir machten meiner Erinnerung nach tatsächlich überall diesen Fleck, immer wieder, in allen Wohnungen und Häusern quer durch die Wetterau. Wir nahmen damals diesen Fleck sozusagen immer von einer Wohnung in die nächste mit, die dann unsere dadurch wurde, daß sie diesen Fleck bekam.

Ich habe keinerlei Erinnerung daran, was wir sprachen, wie lang wir dasaßen und wie oft wir auf den kleinen Balkon gingen, um dort zu rauchen. Wir aßen nichts.

Irgendwann räumen wir zwei Matratzen zusammen. Die Mädchen ziehen sich aus, Katja öffnet ihre Jeans, indem sie den oberen Knopf löst und den Reißverschluß aufmacht, dann beugt sie sich hinab und streift die Jeans ab, dann steht sie da im T-Shirt, streift auch dieses ab, dann steht sie wieder da, und ich sehe zum ersten Mal ihre sandfarbenen Schultern, ihre Brust, ihre Beine und die Unterwäsche, die sie trägt. Katja sieht tatsächlich aus wie ich. Genau so hatte ich sie am Morgen nach dem Fest in meinem Zimmer gesehen, als ich in den Spiegel geblickt hatte.

Natürlich sah sie in keiner Weise so aus wie ich. Sie hatte dunklere Haut, längere Haare, war kleiner, sie war eine ganz andere Person, ich war ja kein Mädchen, und ich war nicht Katja Melchior. Aber dennoch waren wir identisch. Zum ersten Mal war ich identisch mit einem anderen Menschen.

Als sie ihre Unterwäsche abstreift, schließe ich die Augen.

WORMS ARE SQUIRMING

Ich kann mich erinnern, daß wir uns damals über alles völlig klar waren. Worin diese Klarheit bestand, daran kann ich mich allerdings überhaupt nicht mehr erinnern.

Es war, als verlören wir unsere Außenhaut. Wir bluteten immer mehr, von Tag zu Tag, das ging alles sehr schnell. Manchmal schlugen wir die Fäuste gegen die Wand der Schule, ähnlich wie es Don Quijote hätte machen können in einem seiner sinnlosen Kämpfe, und das taten wir so lange, bis uns die Knöchel bluteten, und wir lachten dabei. Uns gefiel das. Es war auch die Zeit, als wir lernten, uns Ohnmachten zuzufügen. Das machten wir durch Atemkontrolle, was wieder gewissen religiösen Verrichtungen entsprach (was wir nicht wußten). Meine erste Ohnmacht führte ich im Zimmer Alex Binders herbei, es war auch noch ein Mädchen anwesend (allerdings weder Katja noch die Buchhändlertochter). Man kniete, atmete etwa fünfzig oder sechzig Mal sehr tief und gründlich ein, dann hielt man sich die Nase zu und preßte fest den Atem gegen die Nase. Diese erste Ohnmacht dauerte etwa zwei Jahre. Sie dauerte natürlich nur eine Minute, aber ich erlebte währenddessen zwei Jahre, und ich war davon einigermaßen erschüttert. Ich erwachte, während das Mädchen meinen Kopf in seinem Schoß hielt. Wenige Stunden später auf der Friedberger Seewiese führten das Mädchen und ich uns gemeinsam gleich die nächste Ohnmacht herbei. Es entwickelte sich eine Sucht, eine ganze Gruppe wurde davon befallen. In den folgenden Wochen gingen während der Schulstunden öfter ein, zwei von uns hinaus und fügten sich diese Ohnmachten zu, wir machten das damals mindestens zweimal die Woche. Bei meiner ersten Ohnmacht im Zimmer Alex Binders war ich noch spektakulär mit dem Hinterkopf gegen das Bettgestell gekracht, anschließend fiel ich meistens in Wiesen oder auf den grauen Kunstfilzboden meiner hessischen Gesamtschule. Jeder Schmerz, den wir uns zufügten, jeder blutende Knöchel war ein Zeugnis unserer neuen Natur.

In den Schulstunden konnten wir inzwischen pure Anarchie verbreiten. Keinem Lehrer gelang es, uns noch durch irgendein Druckmittel, seien es Noten oder Strafaufgaben, unter Kontrolle zu bringen. Wir hatten stets die besseren Argumente. Wir lernten *gegen das Erwachsensein zu argumentieren*, unser Instinkt wies uns den richtigen Weg: Die meisten Lehrer hatten keinerlei Begriffe für das, was sie taten, das spürten wir. Sie hatten nie Antworten gefunden, auf nichts. Sie lebten aus einer Gewohnheit heraus und leisteten an nichts einen Dienst. Und während sie redeten und uns wie fremde Wesen anschauten, wie einen chemischen Prozeß, der außer Kontrolle gerät und gleich zu einer Explosion führen wird, so daß man den Raum evakuieren muß, lachte ich über sie, und hinter allem stand Katja bzw. der Dienst an ihr. Da uns nicht nur ihre Disziplinmittel, sondern auch unsere Noten egal geworden waren, hatten sie nichts mehr gegen uns in der Hand. Unsere Selbstverletzungen gaben uns sowieso die höchste Macht. Man hätte mich damals auch auf offener Straße zusammenschlagen können, es wäre mir egal gewesen. Es wäre wie bei Lemmy ein Fest gewesen.

Ich ging jetzt ständig auf irgendwelche Veranstaltungen, hing im Jugendzentrum herum, lief bei Demonstrationen mit und fuhr zu Bots-Konzerten oder zu den Gebrüdern Engel, die wir damals hörten. Ich hatte inzwischen eine Menge neuer Leute kennengelernt, sowohl im Juz als auch in meinen Cafés. Leute, die nicht aus meiner Schule und auch nicht aus der Augustinerschule kamen, sondern aus ganz anderen Zusammenhängen stammten, teilweise aus der Altstadtszene, teils aus irgendwelchen WGs. Meistens saßen wir jetzt auf dem Boden und gackerten ziemlich dämlich herum. Bei jeder Blokkade oder Demo in Friedberg zog ein ganzer Trupp von uns vom Jugendzentrum aus los. Wenn wir die Bismarckstraße entlangkamen und in die Saarstraße bogen, gab es Friedberger, die unseretwegen die Straßenseite wechselten. Der Trupp setzte sich aus Leuten unterschiedlichen Alters zusammen. Unter uns gab es den kleinen, rotschopfigen, bisexuellen Lars, der noch mehr kiffte als die anderen. Der kleine Lars war, glaube ich, ein Jahr älter als ich, wirkte aber im Vergleich zu mir jünger. Affi war dabei, einer dieser Standardjuzler, die zum Inventar des Jugendzentrums gehörten. Oder der stadtbekannte Hugo Husemann, den die bürgerlichen Kreise Friedbergs nur »Hasch-Hugo« nannten. Ich selbst war bei Demos und dergleichen jetzt meist in Begleitung irgendwelcher Mädchen, die sich neuerdings gern an mich hängten, weil ich in Kreisen verkehrte, die sie für abenteuerlich und spannend hielten. Manchmal war auch Katja dabei, aber nur selten. Sie war keine große Juz-Gängerin, sie spielte nach wie vor lieber im Schulorchester oder ging ins Literaturcafé.

Auf der Saarstraße klirrte stets bald das erste

Schaufenster. Es war immer der kleine Lars, wenn ein Stein geworfen wurde und etwas zu Bruch ging, er konnte sich nicht beherrschen. Er tat es jedesmal aus übergroßer Freude, weil es ihn so euphorisierte, in der Gruppe herumzuziehen. Später dann, nach getaner Blockade oder Demonstration, saßen wir wieder im Juz und diskutierten aus, was Lars da mal wieder gemacht hatte, ob das nun abzulehnen sei oder nicht und ob wir überhaupt das Recht hätten, dazu eine Meinung zu haben. (»Wenn er aus unserer Gruppe heraus einen Stein wirft, ist das nicht ok.« / »Was heißt nicht ok? Was hat das mit der Gruppe zu tun? Du argumentierst ja schon wie die Bullen!«) Er warf immer nur unterwegs, wenn keine Polizei vor Ort war, und es freute ihn jedesmal unglaublich, wenn es klirrte.

Dann kam der Tag, an dem der damalige CDU-Vorsitzende in einem Bierzelt, das für das Friedberger Volksfest auf der Seewiese aufgebaut war, eine Rede halten sollte. Zu dieser Zeit hatte die andere Person (jenes Neue in mir) schon fast gänzlich Besitz von mir ergriffen. Ich veränderte mich immer mehr, und mein neuer Zustand kam mir wie eine grenzenlose Freiheit vor, die ich in ungekannter Weise genoß. Als sei alles möglich. Ich vermerkte den Ablauf dieses Nachmittags und Abends wieder protokollartig genau, obgleich ich augenscheinlich irgendwann nicht mehr richtig bei Sinnen war und ziemlich unangenehme Dinge tat.

Wir waren vorher im Jugendzentrum gewesen, jeder von uns hatte ein oder zwei Bier getrunken, dann zogen wir im üblichen Trupp los, Lars, Affi und all die anderen, aber ich setzte mich unterwegs ab und suchte das Literaturcafé auf. Ich glaube, es merkte keiner der Beteiligten, daß ich den Trupp verließ, so euphorisiert war die Gruppe von der sich bietenden Möglichkeit zum Widerstand mitten in Friedberg in der Wetterau.

Katja war da. Ich war mit ihr lose im Literaturcafé verabredet. Sie saß mit der Buchhändlertochter zusammen. Ich setzte mich zu ihnen.

Geht ihr auch auf die Seewiese, fragte ich.

Die Buchhändlertochter sah mich mit ihren blauen Augen an. Das habe ich nicht vor, sagte sie.

Ich will da hin, sagte Katja. Ich möchte mir diese Leute anschauen.

Anschauen, fragte die Buchhändlertochter, wozu?

Die sind sich in allem so sicher, sagte Katja.

Die Buchhändlertochter kam nicht auf die Seewiese mit, aber Katja und ich fanden uns bald in einer Gruppe von diskutierenden Leuten in der Nähe des Eingangs zu dem Bierzelt wieder, in dem der

CDU-Vorsitzende sprechen sollte. Wir standen vor einem Holzzaun, der den Biergarten des Bierzeltes umgab. Lars war dabei, Affi, ebenso andere Juzler, aber auch einige Bekannte meines Bruders hatten sich eingefunden, damalige Mitgründer des Friedberger Grünen-Stadtverbands.

Ein älterer Herr schimpfte los. Er sprach von den Russen und wie sie Leute wie uns hinters Licht führen und wie die Amerikaner nach dem Krieg die Freiheit und so weiter. Ich hörte zwar zu, aber natürlich war mir alles, was der Mann sagte, unglaublich bekannt (ich kam selbst aus einem CDU-Haushalt). Während er sprach, betrachtete ich mit einem grenzenlosen Voyeurismus sein Gesicht, als liege seine Psyche nackt vor mir. Es war tatsächlich so, als hätte er sich nackt ausgezogen. Indem ich seine Worte hörte, schaute ich genüßlich auf die Bewegungen seiner Augenbrauen, auf das Zucken und An- und Entspannen seiner Mundwinkel, auf seine Handbewegungen (kaum beherrscht, fahrig), ich schaute auf die Art, wie sein Kopf auf dem Hals saß und dieser Hals aus dem Körper herauskam, ich schaute auf seine in meinen Augen unglaublich altmodische Kleidung (Typus Ekel Alfred, mit Überzieher), und vor allem achtete ich auf seine Körpersprache, die bei allen Gebärden eine gewisse Ängstlichkeit, ja Feigheit zeigte. Je länger er sprach, desto mehr erinnerte er mich an meinen Onkel. Ich fühlte eine grenzenlose Überlegenheit in mir. Indem von unserer Seite hochmütiges Gelächter kam, wurde der Mann immer aufgeregter und begann uns mit den Nazis zu vergleichen, also daß solche wie wir Hitler erst möglich gemacht hätten. Was für uns das gefundene Stichwort war, denn jetzt riefen wir alle höhnisch, daß er doch selbst ein Nazi sei. Natürlich, klar, das steckte hinter allem, hinter der Kleidung, dem Gesicht und der Körpersprache: ein Altnazi! Früher für Hitler, heute für die Amerikaner, immer auf der richtigen Seite. Völlig evident. (Ich benutzte inzwischen gern solche Worte wie »evident«.) Er fing dann auch alsbald an, von der RAF zu reden. Da gehörten wir für ihn dazu. Aus unserer Gruppe kamen jetzt erste Beschimpfungen.

He, soll ich dir mal was sagen, für mich haben solche Leute wie du Holger Meins persönlich umgebracht.

Dieser Meins war ein Terrorist und hat sich selbst umgebracht.

Nee, nee. Du hast ihn umgebracht.

Es kamen noch ein zweiter und ein dritter CDU-Anhänger hinzu, das Gespräch lief sichtlich aus dem Ruder, und jeder von uns hatte ein Hochgefühl, ich auch. Sie siezten uns, wir duzten sie und schauten sie immer überlegener an. Ich kannte Filme von Fritz Lang, wo die Gesichter der Menschen in Massenszenen ähnliche Grimassen schnitten wie jetzt die CDUler. Menschen, in deren Gesicht sich abzeichnete, daß sie am liebsten gleich einen Mob bilden und irgendwen lynchen würden. Wir genossen diese Reaktionen um so mehr, da wir sie ja selbst provozierten, und zwar mit voller Absicht. Während die CDUler diese zusammengezogenen, in Falten gelegten Stirnen und diese hochgezogenen Augenbrauen und verzerrten Münder hatten (aus denen dauernd Worte wie »USA« und »Kommunismus« und »drüben« und »Freiheit« herauskamen), betrachtete ich Katjas Gesicht. Alles an ihr war rein. Sie schaute vielleicht ein bißchen ängstlich, aber ihre Züge waren ruhig, glatt, ein wenig staunend und fragend, nichts zog sich erregt zusammen, nirgends zeichneten sich das Gespräch und die Aggressivität der Situation in ihrem Gesicht ab. Sie sah aus wie ein Engel. Und da standen diese alten Typen mit ihrer lächerlichen Wut, die sie hatten, weil sie sonst nichts hatten, und wir konnten mit ihnen machen, was wir wollten. Ich glaube, wir genossen das wie Kinder, wenn sie Würmer zerteilen. Wir lachten sie aus, verhöhnten sie und waren stets zwei Sätze schneller als sie, und wenn wir nicht mehr reden wollten, küßten wir uns, das machten wir dann sehr demonstrativ. Man sollte euch den Hintern versohlen, riefen sie. Aber wir mußten nur lächeln und hinschauen und weiterküssen. Sie hatten keine Mittel. Es war, als würden wir fliegen, so mächtig und überlegen fühlten wir uns.

Das war allerdings nur der Anfang unserer Aufführung. Einige gezielte Aktionen waren geplant. Flugblätter wurden verteilt, jemand lief herum und verkaufte die *Tauwetter*, das war ein linkes Wetterauer Magazin, einige hatten Plakate dabei und hielten sie hoch, und vor allen Dingen kamen plötzlich von irgendwo her ganze Stiegen mit Salatköpfen. Wir wußten zunächst nicht, was diese Salatköpfe sollten (die Ansammlung der Stiegen sah aus wie auf dem Friedberger Wochenmarkt), aber bald begriffen wir, daß die Salatköpfe offenbar politisch gemeint waren und verteilt wurden, auch ich bekam einen in die Hand. Die Gebrüder Engel hatten gerade eine LP herausgebracht, die *Kopfsalat* hieß. Der Begriff war metaphorisch und antibürgerlich gemeint. Vielleicht hatte die Friedberger Widerstandsbewegung diesen Begriff übernommen und war deshalb auf Salatköpfe gekommen (vielleicht bringe ich es zeitlich auch durcheinander, und die LP der Gebrüder Engel war erst ein paar Monate später herausgekommen, dann waren die Friedberger Salatköpfe einfach Produkt eigener Ideen unserer Widerständler). Ich fragte, ob wir damit werfen sollten. Nee, hieß es, man solle den Salatkopf einfach in der Hand tragen und so in die politische Veranstaltung der Gegenseite hineingehen, um seine Meinung kundzutun, Plakate seien drinnen verboten.

Lars und ich warfen uns die Salatköpfe gegenseitig zu und gickelten wie die Hühner. Die pure Anwesenheit dieses Grünzeugs machte die Gegenseite zuerst nur verdutzt, dann aber – als sie die Metapher begriffen – fühlten sie sich ernsthaft auf den Arm genommen und beleidigt. Wir hatten inzwischen, noch immer vor dem Zelt stehend, die Diskussionen eingestellt, denn zuletzt hatten die CDUler hilflos herumgeschrien und wutentbrannt die Szene verlassen, und wir hatten gejohlt und damit ihren vorläufigen Abzug lautstark begleitet. Ich weiß noch wie heute, daß mir diese Friedberger, die da gegen die DDR und für Aufrüstung argumentierten und sich dafür erregten und empörten, in etwa so klein erschienen wie Ameisen. Alles schien mir logisch. Wir kamen in immer bessere Laune hinein. Wie ein Pfropf standen wir jetzt absichtlich vor einem der Eingänge ins Bierzelt, und jeder mußte sich an uns vorbeidrücken, um hineinzukommen. Eine wie große Menge an Leuten wirklich in dieses Zelt strömte, merkten wir, glaube ich, gar nicht. Ich verlor Katja aus den Augen, denn die Situation wurde hektischer, was mich aber nur um so mehr anspornte in meinem seltsam euphorischen Zustand.

Vor dem Zelt, unweit des Biergartenzauns, standen nun vielleicht neun oder zehn Holzstiegen mit Kopfsalat, und es wurde munter verteilt. Plötzlich geschah Unerwartetes. Die Menge der zuströmenden Besucher teilte sich, und ein Auto kam herangefahren. Besser gesagt: Es fuhr direkt auf uns zu. Es war ein Mercedes Benz (alle der damals Anwesenden erinnern sich noch heute an diese gespenstische Szene). Woher das Auto kam, wußte niemand, denn der Platz war für Autos gesperrt und zudem von ein paar Polizeikräften gesichert.

Katja hatte ich jetzt völlig vergessen, und ich hatte auch nicht bemerkt, daß ein Rauschzustand sich meiner bemächtigt hatte, der nicht nur vom Bier kam, sondern vor allem von der aufgepeitschten Stimmung.

Das Auto fuhr mit einer bemerkenswerten Geschwindigkeit, aber kaum einer von uns reagierte, denn alles ging sehr schnell. Schließlich sprangen einige beiseite. Das Auto hatte nur ein einziges Ziel:

die Kopfsalatstiegen. Es fuhr gegen sie, wobei die oberen Stiegen durch die Luft geschleudert und die unteren überrollt wurden. Einige Salatköpfe wurden zermatscht. Der Salat war nun über eine Strecke von vielleicht fünf, sechs Metern verstreut. Der Mercedes-Benz-Fahrer, von dem ich bis heute nicht weiß, wer es war (eines der bestgehüteten Geheimnisse der jüngeren Friedberger Stadtgeschichte, das Auto hatte ein Friedberger Kennzeichen), hatte nicht einmal ein Fünftel der Salatköpfe ruiniert. Bei uns machte sich eine Mischung aus Empörung, dann Triumph und schließlich Sektlaune breit. Ein Symbol war in diesem Moment geschaffen worden: *der Friedberger Kopfsalat*. (Auch in den Stadtverordnetensitzungen sollte die Kopfsalatgeschichte noch in Jahren immer wieder zu Auseinandersetzungen führen.)

Vor dem Festzelt sammelten wir in unserem Triumph die verstreuten Salatköpfe zusammen. Wo war Katja? Vielleicht schon hineingegangen. Aber sie mußte doch unbedingt auch einen dieser Salatköpfe haben! Wir wollten doch alle mit dem Kopfsalat in der Hand zu dem CDU-Vorsitzenden ins Bierzelt hinein, um zu zeigen, was wir von der Regierung hielten! Einige Sekunden später lief ich durch die Menge, um Katja zu suchen, aber ich konnte sie in dem Gewühl nicht mehr finden. Tatsächlich sollte ich sie für die nächsten Stunden gar nicht mehr sehen, ich würde sie erst später am Abend im Lascaux wieder treffen.

In unserer eigenartigen Hochstimmung bemächtigten wir uns alle eines Salatkopfs. Es hatte sich inzwischen bis ins Zelt hinein herumgesprochen, daß draußen irgendwelche linken Idioten und Randalierer (wir) etwas vorhätten und daß im Zentrum unseres Vorhabens Salatköpfe stünden.

Wir gingen nun jeder einzeln ins Zelt, und jeder trug seinen Kopfsalat bei sich. Wir passierten die Garderobe, die von unbekannten Türstehern zur Sicherheitsschleuse umfunktioniert worden war. Die Türsteher sagten uns, wir könnten mit dem Salatkopf nicht ins Zelt.

Warum könnten wir damit nicht ins Zelt?

Das sei nicht erlaubt.

Wer erlaube das nicht?

Das sei so, das sei nicht erlaubt.

Der Stadtverordnete Soundso sei aber vorhin noch mit einer ganzen Einkaufstüte im Zelt gewesen. Also *wer* erlaube das nicht?

Was?

Jetzt einen Kopfsalat ins Zelt mitzunehmen.

Genau. Das sei nicht erlaubt.

Alle von uns führten solche Gespräche, und jedes dieser Gespräche (während deren wieder niemand an uns vorbeikam, weil der Platz versperrt war) führte schließlich zur Frage, was denn nun mit dem Kopfsalat zu tun sei, man wolle doch die Veranstaltung besuchen.

Wegwerfen!

Ich werfe doch meinen Salatkopf nicht weg!

Dann an der Garderobe abgeben, hieß es.

Also gingen wir alle nacheinander an die Garderobe, etwa sechzig oder siebzig Leute (so viele Leute, wie der Mercedes Benz Salatköpfe übriggelassen hatte), und gaben an der Garderobe unseren Kopfsalat ab. Die Frau an der Garderobe war nicht allzu dick, um die vierzig, künstliche Locken, Brille, sie hätte auch im Landratsamt oder bei der Stadtverwaltung arbeiten können. Sie machte zu allem eine sachliche Miene. Eisern gab sie jedem von uns eine Garderobenmarke, schwieg und nahm die einzelnen Salatköpfe ebenso ernst entgegen, als hätte man ihr einen Mantel oder gar einen Zobel überreicht, der eine anständige und aufmerksame Behandlung verdient. Wir wieherten vor Lachen, denn natürlich mußte der Garderobenfrau klar sein, daß nach der Veranstaltung niemand mehr seinen Salat abholen würde.

So traten wir also, unserer Salatköpfe ledig, durch die Sicherheitsschleuse und kamen von dem winzigen Garderobenvorraum in das riesige Zelt, das mit Lärm, Blasmusik, lautem Stimmengewirr und allerlei Gerüchen erfüllt war. Der kleine, rote Lars stand neben mir, grinste bekifft in die Gegend und war eben dabei, sein Garderobenmärkchen zu essen. Er rupfte mit den Zähnen Stück um Stück ab, bis es weg war.

Die Atmosphäre im Zelt nahm einem den Atem. Über uns hing eine gewaltige Wolke aus Zigaretten- und Zigarrendampf, aus den Ausdünstungen des Grillfleischs und der Menschen, der Brathähnchenstation und der Würstchenstation. Die Menge war ohrenbetäubend laut, und tatsächlich verhielten sich alle, wie man es in einem Bierzelt erwartet: Sie hoben Halblitergläser oder Maßgläser, Bedienungen in Trachten liefen herum, Blasmusik spielte auf der Bühne, alle waren zünftig und hatten Freude dabei. Das einzige, was die Versammlung von einem sonstigen Bierzeltpublikum unterschied, waren die Deutschlandfähnchen mit CDU-Aufdruck, die überall in Bierkrüge gepfercht auf den Tischen herumstanden, und das Pult vorn auf der Bühne, das mit einem Plakat beklebt war, auf dem ebenfalls »CDU« stand. Überall klirrten Gläser aneinander.

Beim Hereinkommen wurde ich von einigen Herumsitzenden feindlich angeschaut. Das lag vermutlich weniger an mir, sondern vielmehr daran, daß ich mich in einer Gruppe befand, die sich von den anderen Anwesenden deutlich unterschied. Ich sah einige Schulkollegen, die Krawatte trugen, was ich vorher noch nicht an ihnen gesehen hatte. Vermutlich hatte ihnen der Vater gesagt, daß sie »ordentlich« aussehen müßten, wenn sie zum Vorsitzenden gingen. Was sahen sie lächerlich aus! (Ich trug eine halbzerfetzte Armeehose, natürlich absichtlich, und irgendein knielanges Hemd.) Ich schaute jetzt näher ins Volk. Allzu viele Anzugträger konnte ich nicht erkennen. Die Ansammlung unterschied sich von anderen Bierzeltveranstaltungen während unseres Volksfestes eher dadurch, daß gewisse Personengruppen, die man sonst erwartet hätte, nicht anwesend waren. Man sah zum Beispiel keine Rocker, kaum jemanden in Motorradtracht, und auch das Bierpublikum aus den Altstadtkneipen war nicht da. Man konnte einige linke Lehrer aus meiner Schule sehen, die als Grüppchen zusammen auf einer kleinen Empore saßen, als müßten sie sich aneinander festhalten und gegenseitig beschützen. Sie hielten sich verhältnismäßig weit hinten auf. Die anderen Lehrer aus meiner Schule saßen verstreut irgendwo im Raum und verloren sich im Gewühl. An vielen Plätzen im Zelt standen bereits Leute am Rand und machten keine Anstalten mehr, noch irgendwo einen Sitzplatz zu finden, ähnlich wie bei unserem Weihnachtsgottesdienst in der Kirche.

Meine Gruppe war inzwischen völlig auseinandergerissen worden. Die Menschen, die hinter uns hereingeströmt waren, hatten sie zerteilt. Mich spülte es mit zwei, drei anderen an die Ostseite des Zeltes, wo ein niedriges Podest aufgebaut war, auf dem einige Bierbänke ohne Tische standen. Einige Saalordner waren eben dabei, zusätzliche Bierbänke auf dem Podest aufzuschlagen. Ich sah Bülent, wie er sich gerade auf eine der neu herbeigeschafften Bänke setzte. Er war allein gekommen. Sein wie unser Erscheinen wurde von den Saalordnern, die die Bänke aufschlugen, mißmutig registriert. Sie sagten uns, die Bänke seien für andere Leute, wir könnten stehen. Ich antwortete, hier seien keine anderen Leute. Tatsächlich waren die meisten Bänke auf dem Podest noch unbesetzt. Ja, dann haut hier ab, sagte einer der Saalordner, dick und rot im Gesicht.

Bülent hätte ich nicht hier erwartet. Normalerweise tat er sich so etwas nicht an, das war nicht seine Art. Er ging auch nicht oft zu Demos. Ich fragte ihn, ob er Katja gesehen habe. Ja, sagte er, habe er, als er da hinten bei dem Eingang (er wies auf einen zweiten Eingang) hereingekommen sei, sie sei vor einem Pulk Menschen hergeschoben worden, er habe sie nur ganz kurz gesehen. Vermutlich sei sie irgendwo weiter hinten auf der anderen Seite. Willst du zu ihr? fragte er. Ich schüttelte den Kopf. Wie hätte ich sie dort finden sollen?

Bislang hatte Blasmusik gespielt, nun sollte die Veranstaltung beginnen, also endete die Musik. Das Geschrei unter den Bierzeltgästen endete freilich nicht. Ohne Blasmusik wirkte der Stimmenlärm im Zelt sogar noch um einiges lauter. Ich spähte umher und suchte nach mir bekannten Gesichtern, aber ich sah nur die bekrawattierten Mitschüler, ein paar Lehrer und ansonsten solche Friedberger, deren Gesicht ich bloß daher kannte, weil ich ihnen schon mal auf der Straße begegnet war. Mitschülerinnen übrigens sah ich keine. Mädchen hatten an dem Vorsitzenden offenbar kein Interesse, selbst wenn sie aus CDU-Familien stammten. Vielleicht war ihnen auch abgeraten worden.

Nun trat doch eine gewisse Verminderung der Lautstärke ein. Jemand kam nach vorn an das Pult und hob die Hand. Ruhe verbreitete sich im Saal, wenn auch nur langsam. Die einen mußten die anderen darauf aufmerksam machen, daß jetzt

Aufmerksamkeit zu herrschen habe. Nun sollte die Begrüßung des Vorsitzenden stattfinden. Als allerdings der Geräuschpegel gesunken war, begannen einige Leute zu johlen. Ich schaute nach hinten. Es war die Fraktion der Juzler und derer aus dem Literaturcafé. Sie riefen Parolen, die sie sich vorher zurechtgelegt hatten. Es war nur eine kleine Gruppe, und die Mehrheit im Saal reagierte zuerst unentschlossen. Loaßt die nor brülle, sagte ein Mann aus meiner Nachbarreihe. Dann aber wurde doch gepfiffen, jedoch schloß sich sofort Applaus an, denn nun trat irgendein lokaler CDUler ans Podium und kündigte den Vorsitzenden an, wobei er nicht unerwähnt ließ, welche große Freude und welche Ehre es sei, daß Friedberg und so weiter.

Als der Vorsitzende kam, einherschritt, war kein Halten mehr. Überall Gejubel, und plötzlich war Lars neben uns und jubelte mit. Jawohl, jawohl, schrie er, klatschte wie ein Irrwisch in die Hände und sprang herum. Er wurde von den Reihen unterhalb des Podests mißtrauisch beäugt.

Der Vorsitzende stand zuerst neben dem Pult, hob beide Hände, faltete sie über dem Kopf zusammen und machte eine Siegesgeste.

Die Rede handelte von Frieden und von Freiheit. Man kann nicht sagen, daß sie aus Gedanken bestand, sie setzte sich vielmehr aus einer Aneinanderreihung von Positionen zusammen, die abgehakt wurden, und es war offenbar, daß die Positionen des Vorsitzenden und die des größten Teils des Publikums dieselben waren. Ich dachte an den Satz Katjas, »die sind sich alle so sicher«. Ich nahm mir vor, ihr später zu sagen, daß es gar nicht um die Positionen ging, sondern die Positionen nur dazu da waren, daß man sich auf die eine Seite stellen und sich gegen die andere Seite abgrenzen konnte. Gruppenzeug und so weiter. (Ich hätte das natürlich genausogut auf mich beziehen können, tat es aber nicht.) Ich spähte erneut nach ihr, aber um sie zu finden, hätte ich mindestens ein Vogel sein müssen, der durchs Zelt fliegen konnte, und auch dann noch hätte ich lange suchen müssen. Manchmal schien mir, daß ein von mir aus gesehen winziger blonder Kopf dreißig Meter von mir entfernt Katjas Kopf sein könnte, aber das war vermutlich Einbildung.

Bülent hörte dem Vorsitzenden interessiert zu, und er betrachtete das Publikum aufmerksam bei seinen Reaktionen. Er selbst zeigte keinerlei Reaktion, obgleich ich wußte, daß er die ganze Veranstaltung grotesk fand. Er zog nur die Augenbrauen hoch, wenn Lars herumhampelte. Nach etwa einer halben Stunde, als erneut das Wort Frieden in Zusammenhang mit dem Wort Freiheit fiel, hielt es Lars nicht mehr auf der Stelle, er sprang zwei Reihen nach vorn, stand nun auf einer Bank und schrie, so laut er konnte, der Vorsitzende möge doch scheißen auf seine Freiheit!

So stand er auf seiner Bank, der kleine Freiheitskämpfer, mit erhobener Hand.

Das Publikum murrte, und der Vorsitzende, den der Zwischenruf tatsächlich unterbrochen hatte, wich von seinem vorbereiteten Konzept ab. Er wandte sich zu uns, quer über den halben Saal, sagte irgend etwas von »drüben« und daß man da nicht so herumschreien könne, und er nannte Lars »mein junger Freund«, was diesen auf die Palme brachte. Lars brach in ein hühnerartiges Gelächter und Gekreische aus, das allerdings im tosenden Applaus und Gejohle der Menge völlig unterging. Diese goutierte die Parade des Hiebs mit Jubel und war völlig auf der Seite des Vorsitzenden.

Als Lars wieder neben uns stand, kamen Saalordner an und sagten, wir sollten das Maul halten, sonst würden wir entfernt.

Wir beschimpften sie ein bißchen und hatten einen Heidenspaß dabei. Lars machte aufreizende Koitalbewegungen und ließ die Zunge heraushängen, während die Ordner vor uns standen.

Bülent blieb noch eine Weile sitzen, dann ging er. Er lief schweigend an mir vorbei und hob wieder nur kurz die Augenbrauen.

Lars begann jetzt zu kiffen und reichte den Joint herum. Um uns herum fingen Pöbeleien an, und die anderen aus unserer kleinen Gruppe begannen Wortgefechte mit denen, die ins Zelt gekommen waren, um, wie sie sagten, in Ruhe und Frieden den Vorsitzenden hören zu können. Ich beteiligte mich daran nicht, ich war in einem Hoch und brauchte das nicht.

Als eine Freundin aus meiner Schule an uns vorbeikam, die auch ins Juz ging, zog ich sie zu uns hoch. Das ist auch so eine von denen, hieß es. Sie und ich begannen uns demonstrativ zu küssen. Das regte die Leute noch mehr auf. Auch Lars knutschte mit ihr demonstrativ herum. Je mehr wir uns küßten, desto übellauniger wurden die Leute um uns. Wir genossen das natürlich und steigerten die Intensität. Eine Weile standen wir zu dritt Arm in Arm, hoben unsere Biergläser, schunkelten und sangen irgendeinen Unsinn. Wieder kamen die Saalordner und drohten. Wir sollten uns hinsetzen. Hahaha, machte Lars. Hier, ich hole einen Kollegen, der bringt die Zeltstange mit, und dann hauen wir euch tot, sagte der Ordner.

Hahaha, machte Lars und begann erneut zu knutschen.

Der Vorsitzende der CDU bekam vorn natürlich von alldem nichts mit, es geschah auch nichts weiter, als daß wir uns immer mehr benebelten und in immer bessere Stimmung hineinkamen. Weder kamen die Saalordner zurück, noch war irgendwer mit einer Zeltstange unterwegs, um uns totzuhauen. Die Umsitzenden ließen uns irgendwann in Ruhe johlen, aber wir quälten sie dennoch weiter. Inzwischen war ich dazu übergegangen, mit Lars selbst zu knutschen, und wir begannen uns, wo wir standen, gegenseitig regelrecht abzufummeln. Wir wurden immer wilder. Dabei gaben wir uns Zungenküsse und griffen uns in die Hosen.

Irgendwann kam der Vorsitzende zum Schluß, alles erhob sich, die Nationalhymne wurde gesungen. Wir holten uns schwarzrotgoldene CDU-Fähnchen, warfen sie umher (die anderen im Saal winkten mit ihnen während der Nationalhymne ganz eifrig), schließlich gingen wir dazu über, ein paar von ihnen anzuzünden und damit ebenfalls zu winken. Seltsamerweise geschah wieder nichts, kein Ordner kam, keine weiteren Drohungen. Wir waren auch nicht die einzigen im Saal, die ein solches Chaos anzettelten. Bei der Hymne standen alle, wir zogen mit unseren brennenden Fähnchen durch die Menge zum Ausgang wie bei einem Triumphzug. Draußen warf ich meine Garderobenmarke weg. Vor dem Ausgang lagen ganze Päckchen mit eingeschweißten CDU-Fähnchen, wir nahmen so viele mit, wie wir konnten.

Im Lascaux trafen wir mit mehreren großen Beuteln ein, alle voller CDU-Fähnchen. Wir waren bester Stimmung. Das Lascaux war eine Kellerkaschemme, uralt, modriger Geruch, die Sitzhocker mit Fell bezogen, das immer feucht wirkte. Katja saß mit Anna Wicke, Alex Binder und einigen anderen zusammen. Sie war gerade am Erzählen, aber schüttelte während ihres Berichts immer wieder den Kopf, da sie nicht ganz fassen konnte, was sie eben im Zelt erlebt hatte. Im Zelt hatte sie tatsächlich etwa dort gesessen, wo Bülent vermutet hatte. Sie war beim Einlaß von allen anderen getrennt worden, hatte dann bei fremden Leuten am Tisch gesessen und war dort ganz normal aufgenommen worden, bis zur Nationalhymne. Als die Nationalhymne angekündigt wurde, waren auch an ihrem Tisch alle aufgestanden, aber sie war verdutzt sitzengeblieben, denn sie wußte nicht, daß man zur Nationalhymne aufsteht. Noch bevor die Nationalhymne losging, habe ihr einer der Banknachbarn ins Gesicht geschlagen, ein älterer Herr. Er sei aufgestanden, zu ihr hingegangen und habe einfach zugeschlagen.

Dieser Vorfall war für uns der endgültige Katalysator. Ich weiß nicht mehr genau, was anschließend noch alles geschah, zumindest endete der Tag in einer großen Besoffenheit, und zum Schluß standen wir wieder auf der Seewiese, hundert Meter vom Festzelt entfernt, in dem es inzwischen dunkel war. Ich weiß gar nicht mehr, wer noch alles da war. Wir hatten die CDU-Fähnchen-Säcke dabei, noch ein paar Bierflaschen und ein paar Zigaretten. Irgendwann begannen wir, die CDU-Fähnchen (uns schien das in dem Moment ebenso logisch wie notwendig, aber es machte auch großen Spaß) auf den Pflasterboden zu schütten. Wir legten aus ihnen ein Hakenkreuz, vielleicht sieben auf sieben Meter. Als wir fertig waren, zündeten wir es an. Ich weiß noch, wie ich, als es brannte, plötzlich nach oben flog und das Hakenkreuz in seinen Flammen aus der Höhe sah und wie ich höher stieg und das dunkle Friedberg unter mir lag, alle schliefen schon, und auf der Seewiese brannte – als das einzige, was man sah – das von uns geschaffene und entzündete Hakenkreuz.

Ich lief weiter durch Friedberg und den Schnee. Ich kam an der »gotischen« Tür vorbei. An diesem Tag erschien zwar keine Leuchtschrift, aber ich blieb dennoch stehen. Manchmal hatte sich mein seltsamer Verstand ganze Welten hinter diesem Tor zusammenfantasiert, als müsse es eines Nachts plötzlich aufgehen und mich einlassen in einen völlig fremdartigen, anderen Zustand, als würden dort, mitten in Friedberg, vollkommen andere Menschen wohnen als alle, die ich jemals gesehen hatte. In dieser Welt stünde alles in einem völlig anderen Zusammenhang zueinander, und alles geschähe nach fremden, mir aber vielleicht besser verständlichen Gesetzen. Die Leuchtschrift, die einstmals über der Tür erschienen war, sehe ich noch ganz deutlich vor mir, obgleich sie natürlich nie existiert hat. Aber es geschahen in den Jahren nach Katja und der Buchhändlertochter viele Dinge, die mir bis heute rätselhaft sind. Die Leuchtschrift, die ich gesehen hatte, war eindeutig inspiriert von der Werbeschrift, mit der im *Steppenwolf* das Traktat beworben wird, das Harry Haller erwirbt, jene Schrift

Nur für Verrückte.

Es kann sein, daß ich damals, als die Schrift erschien, betrunken war und tatsächlich die Differenz zwischen mir und den Texten, die ich las, so weit aufgelöst war, daß ich nichts mehr trennen konnte. Aber wenn ich das Tor öffnete (was ich nie tat), dann erwartete mich dahinter in meiner Vorstellung weniger etwas, was mit dem *Steppenwolf* zu tun hatte, als vielmehr eine Szenerie, die mich an jene phantastische Schloßepisode bei Alain-Fournier erinnerte, in die der Erzähler mit seinem rätselhaften Freund, dem großen Meaulnes, gerät. Ich würde hinter der Tür auf eine ebenso phantastische Gesellschaft in einem rätselhaften, aber festlich erleuchteten Gebäude treffen, irgendwo in einer weiten Parklandschaft, die Menschen würden Konversationen ganz unerhörter Art führen, und jeder trüge ein Geheimnis in sich, das der ganzen Gesellschaft das Gepräge eines vollkommenen Rätsels geben würde. Die Menschen dort bildeten nicht die ganze menschliche Gesellschaft ab, vielmehr waren die Greise immer würdevoll, die Erwachsenen von einem besonderen Stolz, der sich schon in ihrer Körperhaltung abbildete, die Frauen wären von vollendeter Schönheit, wenn auch nicht auf einen bestimmten Typus von Schönheit festgelegt, aber alle wären, unabhängig von ihrem Aussehen, vertraut mit allem auf der Welt, bis in die schmutzigsten Abgründe und bis in Sphären hinauf, in denen lauterste Glückseligkeit herrscht. Mich würden sie als Gast aufnehmen, ich würde bis zur Unkenntlichkeit unter ihnen verschwinden – von außen betrachtet, würde man nicht erkennen, daß ich nicht zu ihnen gehörte –, ich würde es als eine vollkommene Welt empfinden, aber in einem Moment würde ich doch wieder in Distanz zu dieser leuchtenden Gesellschaft treten, die dann schon wie von ferne betrachtet am Ende des großen Parks liegen würde, mit Lampions und Wasserspielen, und schließlich würde ich aus der Tür wieder auf die Straße am Bahndamm treten, die Tür würde sich von selbst verschließen ... die Leuchtschrift ist verschwunden, es gibt keinerlei Spur von ihr, so wie es von nichts des Gesehenen eine Spur gibt. Und wenn ich später durch die Tür träte, würde ich das Gebäude nicht mehr wiederfinden, wiederum ganz ähnlich wie im *Großen Meaulnes*.

Anderes war rätselhafter, weil es offenbar mit Literatur nichts mehr zu tun hatte. Oder die

Abgründe der Literatur übten eine tiefenhypnotische Wirkung auf mich aus und lösten sich vom eigentlichen Text ab. Mir war ja zu dieser Zeit, als ich tranceartig Bücher in der Bindernagelschen Buchhandlung kaufte, nicht bewußt, daß ich in gewisser Weise in meinem Inneren sofort das Gelesene adaptierte und wie ein Schauspieler nachstellte. Eine der leichteren, noch ganz textbezogenen Übungen war zum Beispiel, den *Malte Laurids Brigge* zu lesen, die Hände vors Gesicht zu halten, dann die Hände vom Gesicht zu nehmen und das Gesicht in den Händen liegen zu sehen. Das war mir einmal im Herbst auf der Kaiserstraße passiert, knapp dreißig Meter von der Buchhandlung entfernt. Plötzlich lag mein Gesicht in meinen Händen, ich wußte nicht, wie mein Kopf ohne es auskommen würde, ich tastete danach und lief daraufhin sofort in unser Café, um meinen Freunden zu zeigen, daß ich kein Gesicht mehr hatte. Dann trinkt man Bier und sitzt im Café, hält sein Gesicht in den Händen und setzt es auf und ab und auf und ab und entwickelt darin eine gewisse Geläufigkeit bis hin zur Selbstverständlichkeit. Als könnte die Welt gar nicht anders sein, als daß man mit dieser selbstverständlichen Gelenkigkeit sein Gesicht ab- und wieder aufsetzt. Dieses Auf- und Absetzen (das tatsächlich passiert!) ist dann so geläufig bis zur Banalität, daß es nicht einmal jene universelle Gültigkeit bekommt wie noch Jahre zuvor etwa Lemmys Schuhe auf dem Fest oder die Limonadenkästen unter dem Partytisch, sondern schon wieder im Einheitsmischmasch ganz gewöhnlicher Gesten und Bewegungen untergeht, die man ausführt, ohne besonders auf sie zu achten.

Ich lief ins Lascaux. Ich suchte das Lascaux zur *Zauberberg*zeit jeden Abend auf. Dort waren wir alle lichtlose Gestalten, die Existenz dort unten gab uns etwas Würmerhaftes. Das ganze alte Friedberg war von diesen unterirdischen Gewölben durchzogen, insofern war es für einen Friedberger geradezu folgerichtig, sich dort unten aufzuhalten. Im Lascaux rauchten alle und tranken Bier. Ich setzte mich auf einen dieser mit muffigem Fell überzogenen Hocker rechts neben dem Treppenabgang (vom Gewölbe des Lascaux ging eine Treppe in ein noch tiefer liegendes, kleineres Gewölbe, in dem der Billardtisch stand).

Ich sitze da in Kutschbockhaltung, vornübergebeugt, und unterhalte mich längere Zeit mit einem Bekannten, der an der Schule eine Jahrgangsstufe über mir ist, Klavierspieler, er heißt A.

... Irgendwann weiß ich nicht mehr, wie lange ich

schon da sitze und wie viele Zigaretten ich mir an diesem Abend bereits gedreht habe ...

... Irgendwann will ich wieder nach meinem Bier greifen, vielleicht auch wieder eine Zigarette drehen und merke plötzlich, daß etwas nicht stimmt. Ich spüre, wie es in meinem Inneren pelzig wird und zu kribbeln beginnt. Ein wenig so wie vor einer Ohnmacht oder einer Vollnarkose.

Ich betrachte meine Hände. Sie hängen schlaff herab. Ich versuche sie zu bewegen. Ich kann sie drehen, die Handflächen nach oben richten, die Finger lassen sich aber kaum bewegen. Ich finde das zunächst eher amüsant und denke eine Zeitlang, das ist wieder eine dieser Einbildungen, eine dieser Ideen, die man durchspielt.

Vieles wurde damals durchgespielt. Ich kannte Leute, die kamen ins Lascaux und sagten zum Gruß, heute seien sie endgültig verrückt geworden. Einer wurde zwei Wochen krank, weil er den Monolog des lungenkranken Ippolit gelesen hatte (Dostojewski, *Der Idiot*). Was ihn nicht hinderte, weiter im Lascaux zu erscheinen, weil alle diese Einfälle ja eine Bühne brauchten und gesehen werden wollten.

Als mich dann aber doch eine merkliche Verwunderung beschleicht, verstumme ich und schaue A., den Klavierspieler, an. Was ist los, fragt er. Ich sage, ich könne meine Hände nicht bewegen. Selbstverständlich nimmt er das nicht ernst, sondern hält es ebenfalls für einen dieser Einfälle, eine dieser Ideen.

Übrigens war die Lähmung in diesem Augenblick noch nicht komplett. Ich weiß, daß A. mir zunächst noch eine Zigarette dreht und mir auch halbwegs gelingt, sie zu rauchen, indem ich sie zwischen meine Finger stopfe. Das Glas lasse ich stehen. Den Rest meines Körpers kann ich ganz normal bewegen, ich fühle mich auch sonst normal, abgesehen von diesem pelzigen oder watteartigen Gefühl in mir, dem Kribbeln und nun auch einem leisen Rauschen in meinen Ohren, durch das die Musik gedämpfter zu mir kommt (*Deep Purple* oder *Jethro Tull* oder etwas in dieser Art).

Einige Minuten später sitze ich da und betrachte meine Hände dabei, wie sie nun gänzlich willenlos und für jeden Impuls unempfänglich herunterhängen, als gehörten sie gar nicht mehr zu mir. Nichts geht mehr. Sie sind jetzt von mir abgelöst. Ich bitte A. mich in die Hand zu zwicken, es ist aber nichts zu spüren. Die Hände sind gefühllos und spüren auch keinen Schmerz mehr, ganz so, wie mein geburtsbehinderter Onkel J. zeitlebens nie einen Schmerz gefühlt hat, an welcher Körperstelle auch immer. Vermutlich hat er überhaupt nie etwas gespürt, so wie meine Hände in diesem Moment. Natürlich ist da zugleich auch wieder jenes Doppelgängerphänomen, und ich spiele atemlos und irgendwie auch begeistert die Dichotomie durch, daß alles wieder einmal zugleich wahr und möglicherweise völlig aufgesetzt und inszeniert ist und daß beides in seiner Zweigeteiltheit wie immer eine unauflösbare Einheit bildet. Auf jeden Fall kam das, was passierte, mir auch nicht so unwahrscheinlich vor. Ich dachte wohl etwas wie: Aha, auch das gibt es, also auch das ist möglich: Die Hände fallen einfach weg!

Was hast du eigentlich getrunken, hätte A. fragen können. (Vielleicht fragte er es.) Er hätte auch fragen können: *Was hast du eigentlich gelesen?* (Das fragte er sicherlich nicht, A. gehörte nicht zur Gruppe der sich selbst, d.h. das eigene Wesen, ständig mit Literatur kontaminierenden Leser.) Alles, was für mich mit fünfzehn, zu jener Zeit der Feste, zur Zeit Katjas und der Buchhändlertochter, ganz normal gewesen war (zumindest war es mir normal vorgekommen), hatte sich in ein Meer von Stereotypen, Behauptungen und bloßen Gewöhnungen verwandelt. Diese ganze mich wie ein Paradies beherbergende neue Welt dieses damaligen Frühlings hatte sich nachträglich in eine Kloake von Klischees und Widerwärtigkeiten verwandelt. Jetzt, in den Tagen des *Zauberbergs,* hatte ich stundenlang vor einem Tisch gesessen und ihn von allen Seiten betrachtet, um mir die Einheitlichkeit meiner Perzeption aufzulösen und mir klarzumachen, daß sie generell nicht einheitlich, sondern vielmehr völlig chaotisch war. Das lag übrigens allein daran, daß ich gerade zufällig Bertrand Russell gelesen und zum ersten Mal einen Begriff von empiristischer Philosophie bekommen hatte. Es war ein in der Bindernagelschen Buchhandlung erworbenes *edition suhrkamp*-Bändchen, *Probleme der Philosophie.* Der Abschnitt, den ich gelesen hatte, hieß *Erscheinung und Wirklichkeit.*

»Es scheint mir«, schrieb Russell, »daß ich jetzt auf einem Stuhl sitze, an einem Tisch von bestimmter Gestalt, auf dem ich beschriebene oder bedruckte Papiere sehe. Wenn ich meinen Kopf drehe, sehe ich vor dem Fenster Gebäude, Wolken und die Sonne. Ich glaube, daß die Sonne etwa 150 Millionen Kilometer von der Erde entfernt ist, daß sie eine heiße Kugel und sehr viel größer als die Erde ist, daß sie dank der Erdumdrehung jeden Morgen aufgeht und noch bis in die ferne Zukunft aufgehen wird …«

»Um uns die auftauchenden Schwierigkeiten deutlich zu machen, wollen wir unsere Aufmerksamkeit auf den Tisch richten. Dem Auge erscheint er viereckig, braun und glänzend, dem Tastsinn glatt und kühl und hart; wenn ich auf ihn klopfe, klingt es nach Holz. Jedermann, der den Tisch sieht, befühlt und beklopft, wird meiner Beschreibung zustimmen, so daß es auf den ersten Blick aussieht, als ob es gar keine Schwierigkeiten gäbe. Sie fangen erst an, wenn wir genauer zu sein versuchen: Obwohl ich glaube, daß der Tisch ›in Wirklichkeit‹ überall die gleiche Farbe hat, sehen die Stellen, die das Licht reflektieren, viel heller aus als die übrigen, einige Stellen erscheinen infolge des reflektierten Lichts sogar weiß. Ich weiß, daß andere Stellen das Licht reflektieren werden, wenn ich mich bewege; die scheinbare Verteilung der Farben auf dem Tisch wird sich bei jeder Bewegung, die ich mache, verändern. Es folgt, daß, wenn mehrere Leute den Tisch gleichzeitig betrachten, keine zwei genau dieselbe Farbverteilung sehen werden, weil ihn keine zwei von genau demselben Punkt aus betrachten können ...«

Es war ein Fest der Vernichtung, der Zerstörung, es war das Antiklischee, dem gegenüber alles nur noch als bloße Gewöhnung, als lächerliche Bequemlichkeit erschien. Eigentlich hätten wir alle nicht mehr laufen können dürfen, nicht mehr an Schwerkraft, nicht mehr an Zeit, nicht mehr an Kontinuität glauben dürfen, nicht mehr an Natur oder so etwas und auch nicht an einzelne Dinge.

»Mit der *Gestalt* des Tisches steht es nicht besser. Wir haben alle die Gewohnheit, Urteile über die ›wirkliche‹ Gestalt von Dingen abzugeben, und wir tun das so gedankenlos, daß wir uns einbilden, wir sähen tatsächlich die wirklichen Gestalten. Aber wenn wir versuchen, etwas zu zeichnen, müssen wir alle lernen, daß ein bestimmter Gegenstand von jedem Blickpunkt aus eine andere Gestalt hat. Wenn unser Tisch ›in Wirklichkeit‹ rechtwinklig ist, wird es von fast allen Blickpunkten aus so erscheinen, als ob seine Platte zwei spitze und zwei stumpfe Winkel hätte. Wenn gegenüberliegende Seiten parallel sind, werden sie anscheinend in einem Punkt in der dem Betrachter entgegengesetzten Richtung zusammenlaufen; wenn sie gleich lang sind, wird es so aussehen, als ob die nähere Seite länger wäre.«

All das versuchte ich A., seitdem ich meine Hände endgültig nicht mehr bewegen konnte, im Lascaux zu erklären, als könnte ich die Bewegungslosigkeit meiner Hände damit ebenfalls erklären, aber später erfuhr ich, daß ich an diesem Abend nur noch sehr langsam und bruchstückhaft wirres Zeug geredet haben soll.

A. fuhr mich durch den Schnee nach Hause.

Irgendwann standen wir vor dem Hoftor meiner Eltern. A. holte den Haustürschlüssel aus meiner Hose, ging mit mir die Einfahrt entlang und schloß auf. Im Foyer steckte er mir den Schlüssel zurück, ich ging die Treppe hinauf, meine Eltern schliefen längst, ich öffnete meine Zimmertür mit dem Ellenbogen, zog mir die Schuhe mit dem jeweils anderen Fuß aus, es war unmöglich, noch einmal in den Schreibtisch nach der Weinflasche zu greifen, ich war nicht einmal in Panik, aber ich genoß den Zustand auch nicht, ich hatte sogar irgendwie damit abgeschlossen, meine Hände an diesem Abend gänzlich und endgültig verloren zu haben, das Beängstigende und das Notwendige dieser Situation hielten sich in etwa die Waage, und ich stieß mit dem Fuß die Bettdecke zur Seite, schaltete mit der Stirn oder dem Knie den Lichtschalter neben meiner Zimmertür aus und legte mich angekleidet auf mein Bett, denn etwas anderes war mir nicht mehr möglich.

suhrkamp taschenbücher
Eine Auswahl

Isabel Allende
- Das Geisterhaus. Roman. Übersetzt von Anneliese Botond. st 1676. 501 Seiten
- Mayas Tagebuch. Roman. Übersetzt von Svenja Becker. st 4444. 444 Seiten

Jurek Becker
- Jakob der Lügner. Roman. st 774. 288 Seiten

Louis Begley
- Lügen in Zeiten des Krieges. Roman. Übersetzt von Christa Krüger. st 2546. 223 Seiten
- Ehrensachen. Roman. Übersetzt von Christa Krüger. st 3998. 444 Seiten

Thomas Bernhard
- Alte Meister. Komödie. st 1553. 310 Seiten
- Heldenplatz. st 2474. 176 Seiten

Lily Brett
- Chuzpe. Roman. Übersetzt von Melanie Walz. st 3922. 334 Seiten

Truman Capote
- Die Grasharfe. Roman. Übersetzt von Annemarie Seidel und Friedrich Podszus. st 1796. 208 Seiten

Hans Magnus Enzensberger
- Herrn Zetts Betrachtungen, oder Brosamen, die er fallen ließ, aufgelesen von seinen Zuhörern. st 4553. 226 Seiten

NF 266b/1/07.15

Philippe Grimbert

– Ein Geheimnis. Roman. Übersetzt von Holger Fock und Sabine Müller. st 3920. 154 Seiten

Peter Handke

– Immer noch Sturm. st 4323. 165 Seiten
– Die morawische Nacht. Erzählung. st 4108. 560 Seiten
– Wunschloses Unglück. Erzählung. st 3287. 96 Seiten

Hermann Hesse

– Der Steppenwolf. Roman. st 175. 288 Seiten
– Siddhartha. Eine indische Dichtung. st 182. 128 Seiten
– Narziß und Goldmund. Erzählung. st 274. 320 Seiten

Daniel Kehlmann

– Ich und Kaminski. Roman. st 3653. 174 Seiten

Sibylle Lewitscharoff

– Apostoloff. Roman. st 4180. 248 Seiten
– Blumenberg. Roman. st 4399. 220 Seiten

Andreas Maier

– Das Haus. Roman. st 4416. 165 Seiten

Patrick Modiano

– Eine Jugend. Roman. Übersetzt von Peter Handke. st 4615. 187 Seiten

Cees Nooteboom

– Briefe an Poseidon. Übersetzt von Helga van Beuningen. st 4494. 224 Seiten

Amos Oz

– Eine Geschichte von Liebe und Finsternis. Roman. Übersetzt von Ruth Achlama. st 3788 und st 3968. 828 Seiten

NF 266b/2/07.15

Ralf Rothmann
– Milch und Kohle. Roman. st 3309. 210 Seiten

Judith Schalansky
– Der Hals der Giraffe. Bildungsroman. st 4388. 222 Seiten

Andrzej Stasiuk
– Kurzes Buch über das Sterben. Geschichten. Übersetzt von Renate Schmidgall. Gebundene Ausgabe. st 4421. 112 Seiten

Uwe Tellkamp
– Der Turm. Geschichte aus einem versunkenen Land. Roman. st 4160. 976 Seiten

Tuvia Tenenbom
– Allein unter Juden. Eine Entdeckungsreise durch Israel. Übersetzt von Michael Adrian. st 4530. 473 Seiten

Mario Vargas Llosa
– Das böse Mädchen. Roman. Übersetzt von Elke Wehr. st 3932. 395 Seiten
– Ein diskreter Held. Roman. Übersetzt von Thomas Brovot. st 4545. 380 Seiten

Martin Walser
– Ein fliehendes Pferd. Novelle. st 600. 160 Seiten

Don Winslow
– Manhattan. Roman. Übersetzt von Hans-Joachim Maass. st 4440. 404 Seiten
– Kings of Cool. Roman. Übersetzt von Conny Lösch. st 4488. 349 Seiten
– Tage der Toten. Roman. Übersetzt von Chris Hirte. st 4340. 689 Seiten

NF 266b/3/07.15